U0907934

因为刚好遇见你

林熙——著

The Meet

Wait till you hear from me ...

天津出版传媒集团
天津人民出版社

图书在版编目（CIP）数据

因为刚好遇见你 / 林熙著. --天津：天津人民出版社，2019.10

ISBN 978-7-201-15140-3

Ⅰ.①因… Ⅱ.①林… Ⅲ.①随笔—作品集—中国—当代 Ⅳ.①I267.1

中国版本图书馆CIP数据核字(2019)第186013号

因为刚好遇见你

YINWEI GANGHAO YUJIAN NI

林 熙 著

出　　版 天津人民出版社
出 版 人 刘 庆
地　　址 天津市和平区西康路35号康岳大厦
邮　　编 300051
邮购电话（022）23332469
网　　址 http：//www.tjrmcbs.com
电子信箱 reader@tjrmcbs.com

责任编辑 谢仁林
特约编辑 师 擎
文案编辑 朱亚彤
书籍设计 熊 琼

制版印刷 北京盛通印刷股份有限公司
经　　销 新华书店
开　　本 880毫米×1230毫米 1/32
印　　张 9
字　　数 180千字
版次印次 2019年10月第1版 2019年10月第1次印刷
定　　价 39.80元

CONTENTS

第一章
不早不晚，刚好遇见你

有一种缘分叫，不早不晚，不急不躁，刚好你迷路到我身旁，而我刚好凝望你。我一直都知道，只要我坚持下去，就会遇见你！

第二章
和你一起走在风光无限的道路上

如果你在风中拥抱我，如果你的目光里有我的身影，如果你的诺言会告诉我永远，那么我愿意站在黑暗里，一次次地倾听你的声音，和你一起走在风光无限的道路上。

第三章
在彼此拥有的时候，倾尽所有

你是我平凡生活中的温柔梦想，原来与你有关的一切，就是美好。想和你一起把平凡的每一天都酿出味道，想在我们彼此拥有的时候，倾尽所有。

第四章
日月星辰，山川湖海，都不及你

世界那么大，还好我们彼此相遇。想陪你到老，看岁月悄然爬上你的眼角，看时光把你雕琢得更有味道。遇见你之后才知道，日月星辰，山川湖海，都不及你。

第一章
不早不晚，刚好遇见你

有一种缘分叫，不早不晚，不急不躁，刚好你迷路到我身旁，而我刚好凝望你。我一直都知道，只要我坚持下去，就会遇见你！

想谈一场恋爱，走心的那种

1

每次在微博上看到一些情侣的亲密互动，都会不由自主地打心眼儿里感叹，找个喜欢的人谈恋爱，实在是太甜了。

为此，身边的朋友总是笑话我说："你找个女朋友难道还不容易吗？只要你肯追，还不是分分钟就能搞定。"

我摇了摇头说："你看看大街上那些牵手的情侣，你能保证他们是真心相爱吗？"

现代人谈恋爱、结婚不一定是因为爱情，有的只是为了仓促地完成一项任务，有的只是为了满足当下的欲望。

可我并不想这样，就像我曾在朋友圈里发过的一句话：脸蛋再美，身材再好，她对你不够上心，你再喜欢也没用。

而到了某个年纪，你会发现谈恋爱这件事，光彼此喜欢已经很难了，真的可以共度余生的人自然更难找。

说白了，我其实就是不想将就，可能我一直都是一个在感情上有点

“作”的人，我想要的感情，是我中意你，而你也恰好中意我的那种。

在我眼里，感情应该是一场彼此走心的旅行，如果能够遇到，我愿意用一生来交换。

2

有人说：“在这个走肾的时代，想谈一场走心的恋爱实在太难了。”

记得有位读者经常找我聊天，聊她的感情经历。她前前后后谈了六七个，但认认真真谈的只有那么一个。

她说：“现在的男孩子都太着急了，还没摸清你的性格、熟悉你的脾气，就已经迫不及待想要拥有你了。他们口口声声拿‘喜欢’当接近你的理由，其实只是想不负责任地撩你和睡你罢了。有一阵子，我都变得开始怀疑爱情了。”

我说：“真正喜欢你的人，在没有确定关系之前，他的喜欢都是小心翼翼的，那种张口闭口就说爱的人，大多只是想撩你罢了。”

她说：“林熙，你知道吗？每一段感情我都真心付出过，每一句情话我都曾信以为真，而每一次分离，我都是那么狼狈跟可笑。

“我曾为了等一个人的信息，等到第二天天亮，却意外地发现自己的微信早已被对方给删除了；我曾千里迢迢去找一个人，却在他的微信里发现了他和其他女孩子的暧昧痕迹。慢慢地，我也开始怕了，不敢再对谁都掏心掏肺，也不敢再自作多情地对谁抱有希望了。

“林熙，我也好想谈一场走心的恋爱，再也不遇到渣男和伪追求者。可爱情这么奢侈的东西，我还能奢求它有多美好吗？”

没有人会真的拒绝爱情，那些说这辈子只想一个人过的，大多只是没遇到合适的人罢了。因为没遇到，所以真的不想和任何一个人将就。

小希和我说可能她这辈子都不会结婚了，她不想碰触一个不喜欢的人的手，也不想去亲吻一个不喜欢的人的唇，只想跟自己真正喜欢的人在一起过一辈子。

我说我太能理解这种感受了，只有两个人足够相爱，才能一起熬过未来漫长的岁月，也只有这样，你才愿意为了他妥协和付出。反之，你如果和一个不是很喜欢的人在一起的话，做任何事，付出任何努力，都将变得毫无意义。

我们这一生仿佛一直都在等待中纠结，在纠结中寻找。

可幸好余生还很长，说不定一转角就遇到了。

3

前几天，一位一直都很酷的单身朋友突然在朋友圈里说想要谈恋爱了。

我一开始觉得很惊讶，连忙给她留言，说：“你不是一直都只想暴富，不想谈恋爱的吗？”

朋友说：“这几天，看着朋友圈满屏的七夕节信息，再看看身边的闺密今年也笑嘻嘻地拉着我给她男朋友挑礼物的时候，鼻子突然就一阵发酸。”

是啊，一个人单枪匹马过了好久好久，久到都忘了谈恋爱是什么滋味了，只是每每看到旁人幸福模样的时候，突然又好想拥有——好想拥有一个人，能在我听歌的时候，抢走一半的耳机；好想拥有一个人，能在我淋雨的时候，递过来一把伞；好想拥有一个人，能在我一个人的时候，告诉我“不要怕，有我在你身边”。

再也不想单方面地付出和喜欢一个人了，再也不想被骗、被辜负。想被喜欢的人所喜欢着、宠溺着；想被放在心里，温柔以待。

想谈一场恋爱，走心的那种。

女生真的都是越宠越可爱的

刷微博时看到一个街头访谈，主持人随机采访一个男生："你觉得女孩子是越宠越可爱吗？"

男生听了后，反应很激动，说："这都是毒鸡汤！女生不能宠，越宠越得寸进尺！"

主持人接着问："那你有女朋友吗？"

男生挠挠头说："我一直单身。"

评论区点赞最多的留言说："这哥们儿凭本事单身是有道理的。"

以前看过一句话，说女生是很娇弱的，像是一朵花，是被伺候在温室里，还是在室外经受风吹雨打，很容易判断，因为她们会被岁月雕刻出痕迹。

同时，女生又是天底下最可爱的生物，她们非常懂得投桃报李，你对她好一分，她会十分、百分地回报你。所有你付出的爱，都会在她的小花园里落地生根，开花结果。

所以男生和女孩子交往时，一定要温柔以待，不怕给她多一点儿的宠爱。就像《创造101》主题曲里唱的"你越宠爱，我越可爱"。

男生宠女孩子的同时，自己也会收获一个更可爱、更善解人意、更加疼你的女朋友，何乐而不为呢?

“被宠的女生才会有安全感，不容易患得患失。”

每次听身边的朋友抱怨女友频繁查岗时，我都在一旁笑而不语。

其实查岗这件事情，在我看来，是女朋友对男朋友的一种关心和在乎。

就拿世界杯说吧，很多男生相约酒吧一起看球。如果男生能直接告诉女友几点回，去哪里，和谁在一起，那么我相信很多女生都会非常通情达理，表示支持。

反观我身边这几个哥们，有的骗老婆说自己在公司加班，有的说陪客户应酬，果不其然，他们看球五分钟，被查岗两小时。

我想说的是，恋爱中的女人都很敏锐，给她根头发，她就能化身名侦探柯南。所以永远不要想着靠谎言蒙混过关，有什么问题坦白交代，真诚沟通，女朋友是不会存心为难的。说女朋友不信任自己前，先问问自己“给她想要的安全感了吗”。

谈恋爱一定要真诚，对女友一定要宠。给她足够的安全感，她才不会患得患失，疑神疑鬼。这样女友放心了，男友才舒心。

1. 被宠的女生都很有修养，不会和男友无理取闹

小哲和女友恋爱好几年了。据小哲说，女友最吸引他的一点就是特

别有修养。

他看《爸爸去哪儿》时，觉得里面的夏天和她的成长经历很像，被爸妈当成掌上明珠一样宠大，虽然是公主却没有公主病。相反，她特别善良，富有同理心，喜欢帮助别人。

小哲说："我追她时，就是被她的好性格吸引了。去见家长时，我也向她爸爸保证，会爱她、宠她，不让她在我这里受一点儿委屈。我们两个恋爱这几年，几乎没吵过架。她不是无理取闹的女孩，每次遇到问题，我们两个都会坐下来心平气和地沟通解决。

"有人说女生在恋爱中会为了吸引男生注意，做一些特别作的事情。那我想说为什么要让她作，才去注意她呢？自己的女朋友，就应该百分百关心不是吗？

"我会清楚记得我们俩的每一次纪念日，记得她和她家人的生日。她生理痛的时候，我不会叫她多喝热水，而是把热水端到她面前。我不会和异性朋友有任何亲密举动，经常晒我们俩的合影到朋友圈。这不是我求生欲强，而是一个真正爱女友的男人应该做的。她爸妈把她宠成小公主，不是让她到你面前低声下气做女仆的。"

如果你找到特别温柔懂事、善解人意的女友，一定要好好珍惜，宠她是别人求之不得的福气。

2. 她对外是小辣椒，对我却是小奶猫

我有个兄弟，他的女朋友是我从小认识的同学，一直是那种说一不二的大姐头风格，我之前有点惧怕她。没想到她恋爱后，小辣椒变成小奶猫。

所有人都说恋爱后的她变了，变得黏人、温柔了。

她和我说，那是因为她的男朋友能够依靠，值得托付。

这两句评价简直让我震惊了，突然有点羡慕我那位兄弟。

其实许多男生和很强势的姑娘恋爱后，会觉得自己像是老佛爷身边的小跟班，觉得自己很没存在感。这种感觉是不对的，再强势的女生，都希望能有个屋檐为她遮风挡雨。

想要被她需要，就要在她需要你的时候，伸出手拉紧她，让她觉得你是靠得住的，而不是没担当地把她推进狂风暴雨中，让她独自承受。

每个男生都希望在女友面前做能独当一面的男人，在宠爱女友的时候，也会觉得自己被女友宠爱了。

3. 女生越宠越单纯，爱情越甜蜜

女孩子无论到了多少岁，心里都会藏着公主梦，她们相信爱情是纯粹而美好的。和这样的女孩谈恋爱，你们的爱情会更加纯粹。

所以，男生要时时制造一些浪漫的惊喜给自己的女朋友。比如，她喜欢买买买，你就偷偷订去香港的机票，带她漫无边际地逛街；比如她

喜欢周杰伦，你就偷偷定N个闹钟帮她抢票，带她去看演唱会。

女生其实很纯粹，你对她一分好，她会十分百分地回报给你；女生也很敏感，她能从你的情绪中，感受到你对她态度的转变。所以一定要好好对她，不要敷衍她。自己的女朋友不铆足劲儿宠着，难道要等着别人挖墙脚吗?

而且相信我，你对她的宠爱，一定会换来她加倍的可爱。只有学会如何对一个女生好，才能收获同等的爱。

你学会了在节假日送一份礼物给她，她才会在深夜为你煮一碗面；你学会了在她不开心的时候发一条“520”给她，她才会在你不开心时忍受你的坏脾气；你学会在休息时给她多一点儿陪伴，她才会在你疲惫时帮你按摩。

力的作用是相互的，在我看来爱也是。你如何爱一个人，她也会如此爱你。

想要拥有甜蜜的爱情，一定要学会宠女友，你越宠爱，她越可爱。

这条朋友圈仅对你一人可见

1

暗恋一个人是甜蜜却又辛酸的一件事。

你很想要接近对方，却又没有勇气去表达；很想让自己被重视，却又怕得到的是失望。所以，我们总是小心翼翼地去试探，偶尔狂喜，也偶尔失落。

昨天，瑶瑶发了一条仅一人可见的朋友圈，平时理性冷静的她，却矫情地写了一大段伤感的文字。

瑶瑶说，原本发这条朋友圈的目的，就是想要引起他的注意，可是熬了一个通宵，迟迟没能等到他的留言。这一瞬间，她有点死心了。你看，他依旧没有注意到你，也不太关心你的生活，也许他眼中的你，就是个路人甲。

于是，瑶瑶只好收拾好心情，把那条朋友圈给删了。

我说：“我太能理解这样的心理活动了，只有暗恋过的人，才懂得那种苦乐参半的滋味。”

我们好像没办法说“我喜欢你”，而是会问“你在干吗”；我们好像没办法说“我好想你”，而是会漫不经心地say hi；我们好像没办法时常去打扰对方，而是会在朋友圈里矫情得像个失恋症患者。

可是你知道吗？我一直都在等待你的回应，你的一个赞、一句晚安，我就能开心很久很久。

2

多少人的暧昧从点赞开始，又终于点赞。

小米之前也有过一个暧昧的对象，每次她发了朋友圈，他第一时间就会来点赞。

所以小米经常会找他聊天，聊自己的生活、烦恼，以及一些若有若无的情绪，时间久了，小米就习惯了他的陪伴。

也许人与人之间的感情，随着时间的推移，都会慢慢地变淡吧。小米说：“不知道从什么时候开始，彼此之间就好像产生了距离，他不再像过去那样点赞我的朋友圈，而我也不敢再轻易去打扰他的生活。”

但她偶尔会怀念起那段时光，怀念那时他们俩能彻夜聊天、放肆大笑。只是小米始终都想不明白，这样的他们当初为何就没走到一起。

可能是心里还有太多的想念吧，小米就连发朋友圈的内容也开始和他有关。她总是花太多的时间编辑一条朋友圈，希望他能看到，希望他能读懂。

你也许永远也不会知道，我发了太多与你有关的朋友圈，并设为仅你可见。

3

有些人单身，是因为心里还住着一个不可能的人，所以总是在幻想，总是在等待，就像是在机场等一艘船。

我躺在床上玩手机的时候，刷到了这样一条朋友圈：今天大概忍住了100万次想要和你说话的冲动。

我问这个朋友："你喜欢的人给你留言了吗？"

她说："没有，不可能。"

过了一会儿，她又回复说："我还想再等等。"

其实每当到了深夜，朋友圈就散发着一股失恋的味道，感情上隐藏的那些小心思，怕被人知道，于是选择在深夜释放，在天亮前删除。

大概是心里还抱着一丝希望吧，喜欢一个人喜欢到舍不得放弃，只要你稍微主动一点儿，我就会忍不住告诉你我有多喜欢你，多渴望和你在一起。

可能爱就是执着的，不到黄河就不肯死心。

4

我碰到过太多的读者问我："林熙，到底要怎么追一个男生？"

一般我都会说："直接去表白吧，如果你害怕彼此会错过。"

因为等待是一件特别煎熬的事情，他的每一条状态、每一个举动都紧紧牵动着你，你永远都在猜，却不知道答案究竟是什么。

夏夏和我说，女生要是喜欢一个男生，实在是太难了。

我经常提醒女孩子不要在爱情面前太主动，会让男孩子觉得你廉价好追，但女孩子又总控制不住想要追寻对方的脚步。

就像女孩会发只给他一个人看的朋友圈，明知道他可能永远都不会读懂，却还是在心里想：万一他点赞了，是不是我们之间就有故事了？

幸福从来都不是单向的，只靠一个人的爱情是不会开花的。

如果你也喜欢我，就给我点个赞吧，那样我会再勇敢一点儿。

这七个恋爱小技巧，会让他更爱你

我在微博上看过这样一个话题，问大家因为什么样奇怪的理由和男朋友吵过架，热评第一这样写道：因为男朋友先回复了群聊消息。

很多人在评论区里骂女孩儿作，不就是几秒钟的等待，至于吵架吗。

其实我想说，爱情就是由这些小事一点儿一点儿累积起来的，组成爱情的是小事，摧毁爱情的，也同样会是那些看起来不起眼的小事。

其实任何一段亲密关系里都需要把握好和对方的相处距离，也应该学会一些能够让感情升温的技巧，这样才能经营出一段好的恋爱关系。

所以今天给大家总结了七个能让恋爱升温的小技巧：

1. 学会适度撒娇

人们常说撒娇女孩儿最好命，但前提是你聪明并且识趣，你可以任性，可以撒娇，但一定要懂得适度。如果撒娇过头，拿捏不好度，一味地享受男生的宠爱，时间久了，男生会觉得很累，你们之间的感情也会破裂。

恰如其分地把握好那个度，既能得到对方的体谅，也能适当地表达自己的诉求。因此，学会温柔地对待另一半并学会撒娇，还是很有必要的。

2. 同样秒回消息，显示尊重

如果一个男孩子总是会秒回你的消息，时时刻刻关心你的生活，经常主动找你聊天，哪怕是有一搭没一搭地陪着你说话，他的心里也一定是有你的。

那么，你作为女生，同样也应该第一时间回复消息。尽管他再爱你，大概也不愿意当备胎。谁都不希望自己随叫随到却不被在乎。

因为没有谁会因为闲得无聊总是找别人聊天，要知道，在这个爱情等同于快消品的年代，能做到坚持主动找一个人说话，是一件特别不容易的事情。

3. 给对方神秘感

在喜欢的人面前保持最完美的样子是有必要的，就像谈恋爱永远不要太快，感情和人是一样的，永远要保留神秘感。

不要一开始就把所有心思扑到对方身上，以至于在后来的相处过程中好感慢慢下降，双方互相埋怨怎么变了。

感情和人是一样的，越品越有味道。可能他喜欢上你是因为你的外貌，可是他舍不得离开你，是因为你的性格和你为人处世的态度。

4. 爱自己，他才更爱你

有一句话说，我可以爱你到百分之九十九，但最后一分尊严我要留给自己。所以，你要学会好好爱自己，照顾好自己，不要让自己随随便便被人所伤。

不管怎样，你去爱一个人，首先要学会爱自己，哪怕是在追求一个人，哪怕那个人不喜欢你，也一定不要把自己摆在比对方低的位置，不要在不对等的关系中寻找扭曲的爱。

5. 经济独立

许多男生在恋爱时都会说“我养你啊”，但又有太多的男生容易食言。所以人们都会打趣说：“那些听信了男人的‘我养你啊’的女人，最后都饿死了。”

所以，女孩子们无论在谈恋爱时还是结婚后都要保持自己的经济独立，这种经济独立并不是因为对对方的不信任，而是你对自身人格的一种尊重。

经济独立不是为了两个人能够在分手或争吵的时候有底气，而是为了在选择伴侣的时候，不被一些东西所迷惑，也为了在选择的时候，不用过分去计较金钱而影响感情。

6. 热恋期也有自己的社交圈

大多数女生有了男朋友之后，朋友少了，兴趣少了，爱好没了，一切都以他为中心，失去了自我，可是如果哪天连他也失去了，那就什么都没了。

恋爱是生活中的奢侈品，不是必需品，除了恋爱，我们还应该有自己的生活，很多关心你的朋友、亲人，以及自己的兴趣爱好。

当你开始有自己的生活和目标，就会明白爱情很重要，但是生活不止有爱情。你就不会再因为他的一句话影响一整天的心情和工作，不会再时时刻刻离不开手机，不会再离了他就不能活。

7. 换位思考，理解对方

你渴望浪漫，于是给他很多的暗示，试图让他明白应该如何取悦你；你渴望被包容，于是总是发大大小小的脾气，希望他来哄你开心。

可是你也知道你的所有期望能否被达成、被包容，完全取决于他是否甘愿被你欺负。

所以，我希望你能够少折磨他一些，毕竟他懂得你的少女心，能够哄你开心，已经击败全国95%的男生了。和他说一声谢谢吧，谢谢他的陪伴，谢谢他的理解、包容。

其实人人都说相爱很容易，相处却很难，可说再多的道理也不过是纸上谈兵，真正的相处之道，只有身在其中的两个人才能懂得。

不管怎么样都一定要记住一点，好好珍惜你爱的那个人，不要让感情随着时间的流逝变得生疏。

听说你想成为一个月收入过万的自由职业者

1

自从我做自媒体以来，收到过很多读者跟我抱怨工作的消息，内容大同小异：工作太忙不给涨工资；除了工作日加班，周六日还要被迫加班；领导没能力，还特别喜欢针对员工；请一天假，领导都要给脸色看。这些消息的最后，通常都会以一句“真的好想辞职啊”作为结尾。

有一次，其中一个读者跟我聊到这个话题，说：“林熙，我真的太想辞职了，我们领导一直在压榨我们，工作中，我们稍微出点差错，他就给我们脸色看，而且我累到不行的时候，想请天年假领导都不允许，这样的公司我一天也坚持不下去了。”

我问他：“有没有想过下一份工作还是会遇到这些问题？”

他潇洒地回复我：“我当然想过了，所以我决定当一个自由职业者，既不用早起赶早高峰，周六日也不用加班，还不用看别人的脸色，最重要的是把通勤的时间省下来干活儿，肯定比上班挣的钱多。”

听完他讲的，我特别想感叹一句，很多人在没有真正进入一个领域的时候，总是会把它想象得很美好，比如在他们心里，自由职业者就是一个既能享受到绝对自由又能轻松赚到钱的职业。

可事实上，自由职业真没有大家想象中那么美好。

我之前看过一个中国自由职业者现状报告，里面说："自由职业者三大优点是：时间自由、地点自由、不用看老板脸色。三大缺点是：收入不稳、社交范围窄和心理负担大。"

当收入不稳压力过大时，自由带来的不再是美好，而是内心空虚，而大部分人在这种空虚的侵蚀下，都会选择重返职场，再次经历职场的折磨。

2

我出第一本书的时候认识了一个插画师朋友，她觉得自己有一门手艺，一直想辞职当一个自由职业者。在她受够了经常熬夜加班、创意和领导频繁不合后，终于提了离职。

和大多数人一样，她辞职后，先天南海北地玩了一圈，回来之后又觉得太累，想休息一段时间，工资卡的钱只出不进，靠画画来挣钱的事情也一拖再拖。

快要揭不开锅的时候，她才有了危机感。她在兼职网上接了一些小活儿，对方给的钱不多，要求还特别高。她以前还有双休，自从做了自由职业之后，周六周日都变成了工作的时间。再加上辞职后很长一段时间都自由过了火，工作两天她就想休息五天。

没有公司制度的管控，她懈怠了不少，工作效率也不如以前了，挣的钱连交房租都不够。没过多久，她就又开始上班了。

我发现很多想做自由职业的人，都像我这个插画师朋友一样，提到自由职业，脑袋里第一反应就是自由，在体会到自由带来的极度不安全感后，才会想到职业。

然而自由职业者，是你先拥有一技之长用来作为职业，才能获得自由。

3

“自由职业者”这五个字说起来简单，但真不是每个人都能做到。

我大学同学阿畅天生放荡不羁爱自由，他一想到上班后每天要按部就班做着重复性工作，就像是提前结束了自己的人生，所以他最大的梦想就是当一个自由职业者。

大学毕业后，他在家写过网文、刷过淘宝的单、做过微商，甚至有一段时间还跟风做了自媒体，三天打鱼两天晒网，没挣到什么钱，还欠了很多债。

他说从没想过自由的代价会这么大，倘若没有一个王牌技能，选择自由职业只能是送人头。

常常有读者怀着满腔热情问我：“林熙，我要做一个自由职业者了，你有什么建议吗？”

我个人觉得，在做自由职业者之前，要考虑好三件事：自己有没有一技之长？一技之长能不能让自己赚到钱？赚到的钱能不能养活自己？

如果三个问题都让你有些迟疑，那我劝你们还是多积攒一些个人能力，不要急匆匆踏上自由职业这条路。如果你三个问题的答案是可以的话，不妨给自己制订一个计划，要求自己每天在固定时间做一件事情，看看能不能坚持下来。

如果能坚持下来，那恭喜你，你拥有了从事自由职业最需要的一项能力：自制力。想要成为一个成功的自由职业者，拥有一技之长和自制力，缺一不可。

4

其实我说了这么多，就是想告诉大家，自由职业者的自由不是辞职之后的自由，而是能力的自由、职业的自由。

这自由不如外人想象中的美好，所面临的压力也是常人所不能承受的，没有固定收入、没有安全感、自我怀疑、孤独、焦虑，这些都是不能避免的。

所以，当你决定抛弃一切孤注一掷时，诚恳地打量一下自己，估算一下自己的能力能不能支撑自己成为一个自由职业者。

如果你准备好了接下来一段时间都没什么稳定的收入，准备好了一周七天时时刻刻都需要工作，准备好了会随时陷入焦虑，准备好了承受自由的代价，那你就收拾行囊，踏上这条孤独的路吧，不顾一切披荆斩棘。

总有一天，你会找到自己，也会找到真正的自由。

没话题可聊的两个人，是真感情吗

1

几天前的晚上，我收到一个男性读者的私信，他说他对公司的女同事产生了好感，可是他有老婆，孩子马上2岁了，他很纠结，还说这次感觉是真爱。

我问他："为什么感觉是真爱？"

他说："我们有说不完的话。"

我说："难道你当初跟你的妻子从来没有过说不完话的阶段吗？我相信一定是有的吧。难道你的妻子在刚跟你交往的时候，你没有感觉到真爱吗？我相信也一定是有的。只不过当爱情撞上生活琐事，逐渐消磨掉了当初的激情和新鲜感，所以你感觉你们似乎已经没有感情了。但是如果用两个人的交流情况来判断彼此的感情，那么这个世上该有多少对夫妻需要离婚，又有多少对情侣熬不过两三年？因为爱到后来，我们几乎都会变得没有那么多的话可以聊了。"

2

曾经看过这样一句话：无话可说的两个人才是真感情。

两个人在一起久了，会越来越熟悉对方，话题也随之慢慢减少，你开始觉得累了，对他（她）没有以前的感觉了。这时又出现了一个人，你开始和他（她）聊得很嗨，你以为你喜欢上了他（她），开始慢慢忽略自己的对象，其实你有没有想过，没话题才是真感情，只有陌生人才有那么多的话题。

就连最好的朋友也会有没话题聊的那一天，更别说整日朝夕相处的伴侣了。

有时候我很羡慕老陈跟小艾的感情，老陈属于话不多的类型，而小艾是一个话痨姑娘。这样的组合当初我们都不看好，总觉得以老陈的个性应该会留不住小艾，毕竟老陈的前几段恋爱几乎都在三个月内就夭折了，原因都是跟他无话可说，女生感觉不到爱情。

万万没想到的是，小艾居然熬过了三个月并熬到了第三年。我们吃饭的时候会打趣地问小艾："你是凭借怎样的毅力撑到现在的？"

小艾笑着说："你们觉得他是木头，可我觉得他是我的金子。我们俩虽然现在没有那么多话可以说了，但是无话可说我也并不觉得尴尬，有时候反而会感觉舒服。因为平常工作中我们需要被迫说很多话，所以耐心都在工作中消耗完了。回到家中彼此安静地待着，简单地闲聊几句今天的日常，我做饭，他洗碗。洗完碗，他会切好水果放到我面前。我们一起窝在沙发上看会儿电视剧，然后睡觉，迎接新的一天。我觉得很安稳，并不寂寞。”

两个人在一起久了，哪怕无话可说也不会觉得尴尬，这也是一种感情的升华。

3

没话聊的两个人，大多在行动中表达自己的爱意。

楠楠跟她的男朋友交往2年后领了证，现在孩子已经1周岁了。

她跟我说：“林熙，我现在跟我老公日常的沟通很简单，基本就是我在吃饭的时候告诉他今天孩子做了些什么，他会笑着回应我一句，然后两人又低下头默默地吃饭。我们并不像刚认识的时候，可以聊很久，连吃一口青菜都能为对方讲一个故事。但这并不代表我们的感情变淡了，只能说明我们越来越熟悉彼此。有时候他在打游戏，我靠在沙发上追剧，我不小心睡着了，他都会过来悄悄给我盖上毯子，一直在客厅陪着我。”

虽然两个人在一起久了没有当初那么能聊，可爱对方的心都在行动中表达了。

4

两个人在刚接触的时候对彼此不熟悉，因为不熟悉，害怕冷场带来尴尬，所以有一方会不停地寻找话题，来避免这种尴尬。

我问了些身边在一起三年以上的情侣都是如何相处的，得到最多的答案就是“相处久了会变得无话可聊”，刚认识的时候讲得更多的是自己的过去、身边的朋友、公司的同事，甚至在生活中遇到的所有趣事，当人在讲这些的时候都会滔滔不绝。到后来这些都讲完了，彼此都熟悉了，之间的交流就变成了简单的早安、午安、晚安。

这不是因为不爱了或感情淡了，只不过对方已经从爱人升华到了亲人，亲人之间感情的表达并不需要太多的言语，一个眼神，一个细节，一句“你在干吗”，就是日常感情的表达。

所以，如果你发现你跟对方变得无话可聊了，不要惶恐，这只是说明你们是真感情。

一辈子很长，何必委屈自己

1

你在哪一瞬间对爱情失望了？

网上给出了很多令人心寒的答案：发信息我是秒回，他是轮回；跟单身没什么区别，天天都是一个人；眼里没有我，对我视若无睹的时候。

似乎我们对爱情怀抱希望的同时，失望就会接踵而来。

菜菜说："我跟男朋友在一起的第二年，习惯了生日、情人节没有礼物也没有祝福；习惯了在需要陪伴的时候孤身一人；习惯了偶尔倾诉时，男友眼里的不耐烦。"

在这段感情里，她就像一个透明人一样，急也没用，哭也没用，因为对方完全不会在乎她的喜怒哀乐，更别提能够为了她做点儿什么。

我说："那你现在有什么打算吗？"

菜菜说："每次只要我跟朋友抱怨他，朋友就会劝我，让我不要太委屈自己，我却舍不得放弃这段感情。也许是付出了太多，也许是心有不甘吧，我承认自己还不想离开他，只要他还在我的身边，或许就是一种希望吧。”

我说：“但你想和这样一个总是让你哭、让你煎熬的人，过一辈子吗？一个始终对你无动于衷，对你冷漠的人，你能乞求他给你幸福吗？有时候，你以为爱情是甜的，可它偏偏是苦的；有时候，你以为认真付出就会有回报，可对方不一定会领情。”

2

我在后台经常会收到一些读者有关感情烦恼的留言，有时隔着屏幕，都能感受到对方的委屈、不安、失望，以及愤怒。

其实每次收到这样的留言，我都会劝对方对感情再忍耐一点儿，毕竟喜欢的人一旦失去，就再也回不来了。

可若是碰到那些喜欢消耗你的人，你的忍耐换来的只有得寸进尺。

记得我有一个读者，第一次发现男朋友“劈腿”了，那天她说她哭得很伤心，但是最后还是决定原谅他。可惜好景不长，男朋友没能信守当初的承诺，还是做出了一些伤害她的事情，和别的女孩子暧昧，甚至对外称自己单身。

这个读者说，这是她第一次如此冷静地对男友说出“分手”两个字，可能是因为失望积累得太多，也可能是因为一下子就想清楚了和他之间不存在什么美好幸福的未来了。她说：“我还年轻，不想把自己的人生浪费在一个不值得付出的男人身上。”

有人说单身的人真的很苦，每逢佳节不仅要被逼着去相亲，还要接受社会上给予的各种标签。

小可说：“身边很多人都急匆匆结婚了，而我还单身。我今年32岁了，很多人都劝我该结婚了，我也想，可是在感情上，我实在不愿意将就。虽然这几年，我身边来来往往的人也很多，真正能走进心里的人却没有。某一刻，看着大街小巷里成双成对的情侣，我也想过要么就凑合着过一辈子算了。但我只要一想到未来要和一个不太喜欢的人过，我就没法从心理上接受这件事。”

我说：“单身其实也能过得很好，做很多自己想做的事情，去很多没去过的地方，有大把的时间把生活过得精致。如果终究遇不到那个喜欢且合适的人，也不要委屈了自己。如果两个人在一起感觉度日如年的话，那么一辈子真的很长，也很煎熬。”

3

一个人的生活有时候的确会很寂寞，但好过一段没有爱的婚姻。

记得以前看《无问西东》的时候，印象最深的就是许伯常和刘淑芬的婚姻生活了。刘淑芬为了许伯常年少时的一句承诺，死活要和他绑在一起生活，甚至是通过打骂想让对方屈服于这场婚姻。

但许伯常对所有人都温和有礼，唯独对刘淑芬一点儿好脸色都没有。不要说亲密了，连碗都分开用，床都要分开睡。

而在这段互相折磨的婚姻里，刘淑芬最后得到的只有冷漠与无尽的孤独。

是啊，一段没有爱的婚姻，又怎么可能会幸福呢？

我想，婚姻中所有的包容、浪漫和美好都来源于爱，而不是光靠一方委屈就能成全的。

其实两个人在一起，相爱是基础，以爱情为打底的婚姻才是最坚固的。一辈子很长，最重要的就是别委屈了自己。有些人强求不来就放弃，有些人不合适就要离开。

一辈子很长，要遇到对你好的人才幸福。

作为“90后”，我劝你去做个体检

1

前几天“邱晨患癌”的词条登上热搜。

《奇葩说》第五季半决赛上，邱晨自爆今年3月份体检时，查出患了甲状腺恶性肿瘤，而且已经转移到了淋巴结。

万幸甲状腺癌已经是所有癌症中最“善良”的一种了，即便是得了甲状腺癌，十年存活率也是非常高的。

但邱晨说的一句话让人触动，她说：“既然我已经提到了存活率，就说明即便我做完了肿瘤切除手术，癌症也有复发的可能性。可能我这一辈子，都要与癌症做斗争。”

我查了下邱晨的资料，她今年刚36岁，还很年轻。

癌症重疾越来越年轻化了。从近几年去世的明星中，我们会发现因重疾去世的人越来越年轻化。

我们熟知的明星中，2013年，曾出演过海岩剧《舞者》，并在《在那遥远的地方》中饰演李幼斌女儿的演员宋汶霏，被查出患有癌症，但因为忙着拍戏耽误了最佳治疗时机，从确诊癌症到去世只留给她四个月的时间，去世时年仅27岁。

2015年，歌手姚贝娜因乳腺癌去世，年仅33岁。

2016年，“90后”女演员徐小婷高烧不止，就诊时查出淋巴癌，去世时年仅26岁。

“原本癌症的高发期是50岁到60岁，现在下降到30岁到40岁。根据国家癌症中心发布的2017年中国城市癌症数据显示，我国每天约有1万人确诊为癌症，相当于每分钟就有7人患癌。”

而且高血脂、高血压、脂肪肝、心律不齐等疾病也越来越年轻化。

2

重疾的开端，往往是长期的亚健康状态。

之前武艺参加某综艺节目，修脚时，技师看出他有脾胃不和的问题，建议他做个体检。但因为怕检查出问题，武艺上一次做体检已经是五年前了。体检报告出来后，1990年出生的武艺，年纪轻轻已经患有眼结石，以及轻微脂肪肝。

我身边也有类似的例子。我一朋友入职前公司要求做体检，家里人给他买了个全项目套餐，他怕检查出问题拖了好久才去。体检结果出来后，发现他的担忧是有原因的，除了脂肪肝、浅表性胃炎，他还有颈椎病、静脉曲张等大大小小的问题。

之前某县级市应征青年参加征兵体检，合格率竟然不足10%。其中视力不佳、体重超标占大多数，这和年轻人过度使用手机、食用垃圾食品有很大关系。

除此之外，不断加快的社会节奏，年轻人们“996”（早上9点上班、晚上9点下班，一周工作6天）的工作制度，长期熬夜加班，频繁应酬，饮食不规律，靠外卖填饱肚子，精神压力大，也是年轻人身体处在亚健康状态的原因。

那句“40岁前拿命换钱，40岁后拿钱换命”，现在看起来越来越不像是玩笑话了。

3

怕查出病不敢体检，是多数年轻人的真实状态。

以我国现有的医疗体检水平，80%的重疾可在初发时查出并治愈。

然而现实情况是，因为大多数人的讳疾忌医，有80%的重疾在发现时已经到了无力回天的晚期。

之前某健康机构在“90后”中做了5000份调查问卷，有四分之一的人认为每年一次的公司组织的基础体检就够了，另外四分之三的人认为没有不舒服就代表身体健康，因为怕检查出问题，不愿意轻易体检。

“怕病不体检”是当代年轻人的普遍心声，不怕苦，不怕累，不怕通宵加班，就怕去体检，怕检查出什么问题，就完了。

然而在不同年龄阶段，每年定期检查特定项目是非常有必要的，英国体检机构提供了不同年龄阶段应该做的体检项目。定期体检，是在为你的健康着想。

4

如果总觉得疲劳，一定要提高警惕。朋友说他进入25岁以后，感觉身体状况明显不如以前。曾经通宵一宿，第二天照样生龙活虎，现在深夜两点前不睡，第二天就精神涣散。

他加班做资料时伸懒腰，能听见全身关节咯咯作响，工作一天下来，腰酸背疼、颈椎不适。他从年初开始经常得流感，病情一直拖拖拉拉，患上了慢性咽炎、气管炎。他盯电脑时间长了，还有视力模糊、见光流泪的毛病。

他分明是25岁的身体，却糟糕得不如52岁。

现在许多年轻人经常喊累，觉得非常疲劳。这也要提高警惕了，从疲惫到癌症只需要四步，从轻度疲劳到深度疲劳，再到重要脏器内部变异，最后诱发癌变。

自检疲劳程度也很必要，许多疾病其实早在初始期就给了信号，你需要定期自检，不要忽视身体的小问题。

身体健康是一切奋斗的本钱，不要因为讳疾忌医而忽视了自己的身体。

虽说年轻人应该趁着年轻多多奋斗，但一切要以身体健康为前提。没有好的身体，不仅会影响工作，更会留下一些隐患，酿成无法挽回的后果。

先保证生活，才能更好地拼搏。

5

如何预防重疾的发生，我整理了一些建议：

1.养成健康的生活方式，不吸烟，少喝酒，积极锻炼身体，少熬夜，养成良好作息。

2.控制体重，不要过度减肥。把体重控制在正常范围内就好，过胖和过瘦都不利于身体健康。

3.避免滥用抗生素，避免长时间处于致癌环境中。

4.保证一日三餐准时，一定要吃早餐。多吃蔬菜水果，减少腌制、熏制等加工食品的摄入，少吃垃圾食品、甜点，少喝碳酸饮料，防止钙质流失。

5.养成定期体检的习惯，不要因为怕检查出问题而拒绝体检。许多重疾都是从小病拖延开始的，定期体检是为了能及时就诊，更为了防患于未然。

6.学会减压，不光要注意身体健康，心理健康同样重要。学会倾诉，少生闷气。

人生就好像一场长途马拉松，每个人都想要跑到最后，但总有人因为体力不支，早早地结束了比赛。

定期体检，其实是为自己的健康储值。只有拥有一副好的身体，才能更好地与别人同场竞技，反之一切都是空谈。

所以不要总觉得自己年轻就意味着健康，一定要重视身体，避免陷入长期疲劳、亚健康的生活状态中，定期体检，防患于未然。

保重身体，才能在人生的这场马拉松中赢得漂亮。

生活需要仪式感

1

爱情里的仪式感是什么？是你在这场感情里投入的心思、精力和努力的表现形式。

时常会有读者问我，为什么现在的感情那么不可靠，为什么人心说变就变。

这是因为我们为爱情付出得越来越少，爱情的成本越来越低，人类的本性往往是付出越少越不珍惜，于是我们并没有把一段不劳而获的感情当一回事。

一个男生看上一个女生，只是每天一味地跟她在微信里聊，却从不表白，会问她“要不要跟我一起睡”，却从不说“做的我女朋友”。女孩觉得他不靠谱，渐渐疏远了他。他心想：渣女，我都表现得这么明显了，还想让我给你跪下不成？

对于女生来说，恋爱中的那句“做我女朋友吧”才是宣示恋爱关系的开始，只是男生不懂罢了。

节日的时候，女生想要一份礼物，男生觉得女生太矫情，节日都是商家想出来忽悠女生的东西，所以没依她。

只是男生不知道，女生并不是想要那份礼物，礼物她自己也买得起，她想要的是男朋友有送他礼物的态度，只是男生不懂罢了。

很多人总是忙着恋爱、工作、交际、应酬，却忘了给自己的感情添加一点仪式感。

仪式感是爱情的催化剂、生活的添加剂。

2

《小王子》里的狐狸曾说过：“仪式感就是使某一天与其他日子不同，使某一个时刻与其他时刻不同。”

在平凡的一天中，只有小王子到来的时刻能让狐狸感到幸福，这便是“仪式感”的神奇之处。

狐狸还说：“我们那里的猎人有一种仪式，他们每星期四都和村子里的姑娘们跳舞。于是，星期四就是一个美好的日子！”

因为心中的“仪式感”，我们会花费额外的时间和精力去做一件事，如同狐狸等着王子的探望，如同猎人等着心爱的姑娘舞上一曲。

看似都是些浪费时间的无聊小事，这些小事却构成了我们人生中几乎全部的幸福体验。

我认识的一个朋友结婚7年了，每次出差都会给妻子带一份小礼物。礼物的金额都不贵。去香港的时候，他帮她排长队买了2盒珍妮小熊的曲奇饼干；去马来西亚的时候，在机场买了一支口红；去泰国的时候带了一套乳液。

他们结婚这么多年感情一直都很好，因为她的丈夫每次出远门带回的礼物都代表了一份牵挂跟思念，女人在婚姻中的安全感往往就源自这份牵挂。

爱情需要仪式感，深爱你的人，一定不会嫌麻烦。

3

仪式感的概括面很广，它把本来单调的事情变得不一样，让人们在无聊的生活中、平淡的常态中，找到一种新的方式度过无聊。

仪式感不仅局限于感情。我曾看到过一个中国式亲子关系的报道，中国式的家庭很少会对彼此说“我爱你”这三个字，甚至有些家庭连“想你了”这三个字也很少去说。

确实这个世界上没有哪个父母是不爱自己的孩子的，但是忽略了家庭的仪式感，确实会导致孩子性格比其他孩子更内向一些。

如果你为人父母，是否给孩子精心策划过每年的生日，是否每周抽出一天的休息时间来陪伴孩子，是否在他表现优异的时候给予肯定的鼓励?

如果你为人子女，是否有在父亲节、母亲节的时候对他们说一句

“节日快乐”，是否有为他们买过几样平常舍不得买的东西，是否在空闲之余去看看他们，带他们去外面走走？

这些生活中平凡的、微不足道的小事，就是幸福感的来源。

生活需要仪式感，爱情也需要仪式感，不要再用忙和累来搪塞自己最亲近的人了。

“吃虾一定要男人帮你剥”

1

在热播综艺《幸福三重奏》里，大S因为一句“剥虾论”，又成功引起了网友们的热议。

事情是这样的，有一次三对夫妻在一起就餐，福原爱很热情地招待一旁的大S吃虾，可没想到大S摇了摇手说自己不吃虾。

福原爱就表示很困惑，问大S：“为什么不吃虾？”

大S说：“因为我不喜欢剥虾皮。”

福原爱客气地表示：“我帮你剥，我都是这样给老公小杰剥的。”

大S连忙拒绝说：“不要不要，千万不要……我从小到大都是我爸剥给我吃的，我爸不在之后，我就不吃了，我妈就说吃虾一定要男人帮你剥。所以我嫁给我老公之后，他如果不帮我剥我就不吃，他如果帮我剥我就吃。”

听完大S的这番话以后，让原本在一旁沉默的陈建斌老师也抢着动手剥起虾来，并带动了在场的男嘉宾一起剥虾给老婆吃。

但就这简单的剥虾一事，让网友们顿时吵翻了天。其实在这之前，大S就被网友们痛批在节目里“太矫情”“太作”，一点儿都不符合一个已为人母的形象，而这次的一句“吃虾一定要男人帮你剥”再度被质疑公主病上身。

最后还是汪小菲再一次站出来，霸气地回应网友们的质疑，说：“她老公愿意给她剥虾，怎么了？”

2

感情就是因为有人疼爱才显得珍贵，如果你什么事情都自己来，那你找男朋友干吗？找老公干吗？

有时候两个人在一起久了，女生会在争吵中逐渐舍弃了之前的少女情怀，变得成熟懂事，变得什么事都能够靠自己。

长此以往，女生在爱情中的幸福感会越来越低，也会因此质疑自己当初为什么要谈恋爱。

我觉得，剥虾就是一个建立幸福感的方式。

小米跟男友马上就要结婚了。小米就是那种在感情中有很多要求的女生，她说她吃虾也从来不自己剥，如果男朋友不剥那她就一口都不吃。

有次男友好奇地问她：“你不爱吃虾吗？”

她淡淡地回答道：“我就是懒得剥，所以索性不吃了。”

从那次以后，男友不仅帮她剥虾，并且会很自觉地帮她把其他带壳的海鲜也都剥好。

可能很多人都觉得这样的女生太作，认为一个女人若是想守住一段感情，就必须得贤惠，对另一半百依百顺的，太作跟太矫情的都不行。

但其实我想说的是："有时候女孩子不能只一味付出，什么事都自己干，也要懂得享受男人的照顾和体贴。这不是任性，也不是什么公主病，而是爱情里本该有的小细节。只有不爱你的人才会觉得你的那些要求是无理的，是作。"

3

其实一提到剥虾这件事，就让我想起一个人。

我有个兄弟，平时直男得很，谈恋爱从不爱说什么甜言蜜语，也不会瞎搞什么浪漫，更不会秀恩爱什么的。但是有一次，他在朋友圈分享了这样一张照片，是满满的一大碗去壳的小龙虾，说那是他花了将近半个小时的工夫给自己女朋友剥的。

我当时还笑话他肯定是喝多了，受了女朋友的蛊惑吧。

没想到他居然和我说，是他自己乐意这么做的，因为女朋友爱吃小龙虾但是又懒，不想弄脏手，于是只能帮她剥好了，塞进她的嘴里。

其实在生活中，我这位兄弟对待自己的女朋友也特别宠，总是小心翼翼护着她，替她做了很多力所能及的事情。

看吧，遇到了对的人，谈恋爱就像是在吃糖一样。一个真心待你好的人，别说是剥虾这样的小事了，哪怕是为了你下五洋捉鳖都愿意。

4

谁都渴望在感情里活得像一个公主，而不是保姆。

这也是为什么尽管大S有时候在节目中表现得很矫情，但依然被很多女生羡慕着、喜欢着，因为她有一个始终宠着她、护着她的老公。

小艾说，那些为此生气、质疑她的人，大概是没见过爱情最好的模样吧，他们以为在爱情和婚姻里，女生就应该是任劳任怨的。

我相信，美好的爱情不应该只是嘴边的承诺，而是渗透到生活里的小细节，是一个愿意宠，一个爱撒娇；是一个在付出，一个在回应。

是啊，想起我之前写过的一篇文章，我说："一辈子这么长，一定要找个会给你剥虾的人在一起。因为一个男人最高级的宠爱，莫过于愿意给你剥一辈子的虾。"

其实真正的感情往往就藏在不起眼的细节里，每一个举动，每一份关心都是对你满满的爱。

愿你能找到一个把你宠成公主的人，余生陪你看细水长流。

和女朋友恋爱后必须明白的10件事

有个读者跟我说她仿佛交了一个假男朋友，她男朋友不仅不懂如何关心人，更加不懂如何做一个合格的男朋友。

她说男友的情商很低，不知道给她关心和爱。就好比前几天的情人节，她不仅没有收到来自男友的礼物，男友更是消失了一般，连条信息都没有。

更郁闷的是，当她质问男友的时候，他只不过淡淡说了一句“忙忘了”，没有说要补偿她，也没有表示歉意。

她男朋友这样的行为时常让她怀疑他究竟爱不爱自己，但是每次她提分手，男友就摇身一变成了情圣，又是哄又是送礼物，祈求不要分手，又让她感觉男友似乎是爱自己的。

其实有时候，很多男生不是真的不知道女生要什么，只是他们很懒，你不说，他也懒得去揣摩你的心思，所以在恋爱之前有10件事情是必须要让他们明白的。

1. 游戏和媳妇，只能选一个

很多男生一玩游戏，女生就仿佛步入了丧偶式感情。如果你的女朋友不爱打游戏，那么游戏和她你只能选择一个。

因为如果你把时间都给了游戏，那肯定就没有时间陪伴她。一个无法陪伴她的男朋友，她要来有何用？

2. 礼物直接送，别问要不要

女生最讨厌的就是过节的时候男朋友问她“口红要不要”“包包要不要”“衣服要不要”，你让她怎么回答？她们回答要，显得好像没见过世面似的；回答不要，但是心里是真的想要。

所以聪明的男人不会问自己的女友“要不要”，而是二话不说，直接“买买买”。

3. 不能联系前女友，这样现任会多想

记住，作为一个优秀的男朋友，必须在有了现任以后就立马断了自己跟前任的任何联系方式，手机里连一张前任的照片都不准留，更别提她的微信或电话了，必须通通删除或拉黑，绝不能让现任感觉到一丝前任带来的不愉快。

4. 没有她的允许，不能乱认妹妹

一个好男人的背后只能有两个女人，一个是你妈妈，另一个就是你女朋友。除了这两个人，你不能和任何异性有太多接触。

不准在外认亲戚，特别是干姐姐、干妹妹，毕竟“干”是多音字，念得不对就成了干什么的干，还是避讳些吧。

5. 时不时给她个小惊喜

这个世界上，但凡是个女生就一定会喜欢惊喜，一个优秀的男人需要时不时地为女友制造些小惊喜，提升她们的幸福感。

这是你对她的爱的表达，你给她的惊喜越多，她就会觉得你对她越用心，也会越来越爱你。

6. 没事别在她面前说别的女生好

再大度的女生在爱情里都会变得小心眼，她越爱你，心眼就会越小。所以不要轻易在她面前提起别的女生，特别是不能说这些女生有多好。

当你这样讲的时候，女朋友一定会本能地讨厌并且回你一句：“她这么好，你怎么不去找她？”

7. 不要对她的化妆和打扮指手画脚

女生最不喜欢的就是男朋友用直男审美来告诉她，她的打扮有问题，她的妆容不好看。她不会感谢你的指导，反而会觉得你很烦、很主观。

女生的观念就是：老娘爱怎么打扮就怎么打扮，只接受赞美，不接受反驳。

8. 不能在吵架的时候自己先走

一个有气度的男人是绝不会在吵架的时候转身走掉，留下女朋友一个人的。特别是当女朋友跟你说让你走，你也不能走。

因为女生吵架的时候说的是反话，如果你真的留下她一个人走掉的话，会让她对你们的感情变得不信任。

9. 她生气的时候说的话不能当真

女生是很感性的，感性的人通常在生气的时候会说出很多让你生气的话，请记住这个时候你只要抱住她就行了。

她说了什么你不用去记得，因为这些都是气话，不能当真。

10. 要主动，女生都喜欢主动的男生

还有最后一点，也是最重要的一点，就是一定要主动，你一个大男

人不主动些，难道想让女孩子主动吗？比如说主动抱抱她、亲亲她，主动关心她饭吃了没，主动接她下班，主动带她一起出去玩，主动带她见你的朋友。

女生之所以越来越小心翼翼，越来越不敢去爱了，只不过是害怕自己爱错了人，付错了情，最后导致自己悲剧收场。

所以，如果你决定走进一个女生的生活，并且正式同她开始交往的话，那就请认真对待感情，对待你自己找来的那个女生。

男生能有多宠你？最后一种最难得

前几天刷微博看到一句话非常有道理："女生和你谈恋爱就是想要被宠爱，不然什么事情都能自己搞定，和你在一起干吗？"

记得之前看过一些文章，里面反复告诫女生要在感情中独立一些，不要什么事情都依赖另一半，这样就算和对方分手，遇到情感挫折也能快速恢复过来，当时我就觉得特别扯。

每一段轰轰烈烈的感情，都需要恋爱双方的全情投入。如果那么计较自己是否独立，干脆不要谈恋爱好了，那样最独立，谁都依赖不到。

恋爱虽然不像婚姻那样有一纸婚书做保障，但只要两个人确定关系，就要同时承担起恋爱中的责任与义务。

互宠是最基本的，依赖也是因为信任彼此。

谈恋爱，就是要找个人无条件宠着自己，不然自己一个人过得好好的，干吗还要找个人一起生活呢？

而且互宠的恋爱，才能越谈越甜。那种谈个恋爱，恨不得和对方分毫必争的，还不如找个算盘呢。

杏杏就很认同我的说法。她和男朋友恋爱五年了，两个人准备今年结婚。

我问她是什么让她下定决心嫁人时，杏杏说："在我意识到他会把我看得更重要，宠我像宠自己一样时，我就非他不嫁了。"

《约会专家》中说："女人要的不是宽容，是纵容；要的不是了解，是宠爱。"

女人如花，另一半的宠爱便是灌溉，你越宠爱，她越可爱。

如果把宠爱比作一辆车，其配置也是分为不同等级的。

1. 标配宠爱

给你的爱独一无二，正大光明

标配版的宠爱，是恋爱中最基础的。

首先他必须认可你，会向所有人公开你们的关系，把你介绍给他的家人和朋友，并从中协助，让他们喜欢你。

真正爱你的男人，不会让你谈一段见不得光的感情，不会在感情中让你承担不光彩的角色，不会迟迟不肯将你介绍给父母和朋友，不会对你事事隐瞒，而是赤诚坦白。

那些连你们的合影都不肯放到朋友圈的男人，连最基本的宠爱都做不到，可以考虑换人了。

2. 高配宠爱

为了你，天南海北都顺路，酸甜苦辣都爱吃

我有个哥们，每次晚上蹦完迪回家，总要开车绕路到豆浆摊带一份刚出锅的豆浆和小油条，我以为是他蹦饿了，后来才知道是他女朋友喜欢。所以绕再远的路，他都不会嫌麻烦，只要女朋友开心就好。

我上大学时有个室友，夏天最热的时候，他的女朋友不想去食堂排长队打饭，每天下课后，他就会疯狂地跑去食堂，到女友最喜欢吃的窗口打一份饭菜，再给她送到楼下。他还总是特别贴心，考虑周到，夏天配解暑绿豆汤，冬天配红枣豆浆。

我们之前嘲笑他是二十四孝男朋友，结果后来毕业，全寝室都是光棍，而他已经开始筹备婚礼了。

男生如果爱你，心里一定会有你，遇见好吃的、好玩的，都会情不自禁地想起你。星星是你，月亮是你，风花雪月都是你。

3. 顶配宠爱

爱你胜过爱生命，往后余生都是你

女孩子最想要的宠爱，不是一时宠爱，而是一世宠爱。

微博上那些晒男朋友送名牌包包、大牌彩妆的行为，确实都是男生对女朋友的宠爱，但那些都只是一时的，而且只要物质条件达到一定的水平，送些东西并不难。

晒给别人看的宠爱都浮于表面，真正的宠爱应该是从心里流淌出来的。

判断他是否真的对你百分百宠爱，最简单的就是看他是否愿意娶你，给你一生一世的承诺。

有的人嘴上说着喜欢，实际行为却像是电影《致青春》中的陈孝正，甜言蜜语说得再多，都改变不了他们只爱自己的本质。所以当你们双方利益发生冲突时，他只会选择牺牲你，这样的男人甜言蜜语说得再多也不能要，否则是自讨苦吃。

真正宠爱你的人，会把你看得比自己更重要，往后余生全部是你。

就像之前泰国普吉岛沉船事故中，游船倾覆之时，生死存亡之际，小伙张皓峰当机立断让女友孟影上救生船，而他则从三层甲板上跳下，瞬间被巨大的海浪冲出很远，幸好遇见过路的渔船才得以获救。

在求生的本能面前，他对女友的爱战胜了本能，爱她胜过爱生命。

桐华曾经写过："女生因为爱，所以绚烂绽放；因为被人宠爱，所以自觉无比矜贵。"男人给的宠爱，是女生最好的滋养品。

因为被爱，所以敢爱；因为被宠爱，所以更愿意付出爱。

而且每一段长久的恋爱都不是有来无往的单行列车，不要觉得自己付出一点儿就很亏。要知道男女之间的互宠，完全不是平等的。女孩子是世界上最慨慷、最温柔的生物了。

给她温暖的食材，她会回馈一桌熨帖身心的美味。

给她一点儿宠爱，她还给你一个留灯等待的家。

所以如果你不知道怎么和另一半更好更甜蜜地相处的话，非常简单，宠她就好了，按照上面说的一直宠到顶配。

男友越宠爱，女生越可爱。

在感情中，女生第一次和第三五次的区别

曾经看过这样一句玩笑话：男生一定要好好珍惜那个翻你手机的女生，因为说不定以后你再也遇不上她了，遇上的都是些爱翻你钱包的女生。

很多男生对感情总是后知后觉，在得到的时候不珍惜，失去了才后悔。我很久前写过这样一篇文章：很多女生出现在男生生命中都是来给他们上课的。

相反，很多女生遇见的那些男生，也是使她们成长的。

记得郑爽跟张翰恋爱时还是个不会处理感情的女孩，她为了张翰去整容、放弃拍戏，就好像所有第一次恋爱的女生一般。

后来遇见了胡彦斌，郑爽好多了，她会用更成熟的方式去对待感情，即使放手时也很洒脱。

那么对于女生，感情中的第一次和第三五次的区别在哪儿？

1

当你第一次遇见喜欢的人，只要看到他就会小鹿乱撞，完全不敢用

眼神直视他，只敢用余光看他是否也在看你，看到他跟别的女生打打闹闹，你会吃醋难过。你会去打听他的星座、生辰八字，去看你们俩的星盘是否合适，就算知道他的微信你也不敢主动去加他，只会在暗处默默地祈祷他注意到你，并且来追你。

当你第三五次遇见喜欢的人，每次看到他，你虽然还是会小鹿乱撞，但是没以前撞得那么厉害了，你会变得更大胆一些。

你不会再那么无聊，一个人默默喜欢，你会问来他的微信，然后潜伏着，找到机会就去撩他，让他注意到你。你目的很明确，你不缺朋友，只缺男朋友。

2

当你第一次恋爱，确定关系的下一秒，就赶紧发了条关于他的配图，并配上一句“余生请多多指教”的话在朋友圈，巴不得能站在城市最热闹的大街上，开心地向全世界的人公布你谈恋爱了的喜讯。

如果可以，你想跟他24小时都待在一起不分开，你仿佛变成一个话痨，跟他有聊不完的话题。你们刚在一起1个月，你甚至已经连未来孩子的名字都已经想好了。

当你第三五次恋爱，确定关系的那天，你心里似乎没有一丝的情绪波动，晚上还很平静地睡了一觉。第二天跟他一起吃饭、看电影，你挺喜欢跟他在一起的感觉，但是如果让你马上跟他分开，你似乎也可以做得到。

从你朋友圈甚至都看不出一点儿脱单的痕迹，要不是别人问起，你甚至不愿意主动跟人说自己有对象了。这并不代表你把他当成备胎，只不过爱情这东西你也说不准，指不定两个人什么时候就分手了，这并没什么好炫耀的。

3

当你第一次和男朋友吵架，你心里有满满的安全感，思路也很清楚，你知道你吵架的目的只不过是想要获取主动权，所以你会在他第一次哄你的时候故意小矜持下，不被立刻哄好，然后他第二次、第三次哄你你才原谅他。

你很享受看他因为你们的第一次争吵急得团团转的模样，这样你感觉很踏实，很有安全感。

当你和他第三五次吵架，你发现他开始变得越来越不耐烦，因为他的不耐烦，你的情绪自控力也因此变得越来越差，因为他的不耐烦引起了你的不安全感跟焦虑。

你突然不敢跟他发脾气了，害怕哪一次感情就这么吵散了，你变得越来越懂事，越来越乖，你以为改变自己，你们之间的矛盾就可以变少，后来你发现感情只靠一个人努力是没有用的。

4

当你面临第一次分手，你一个人在家哭得肝肠寸断，身边的朋友都在劝你，可是你一句话都听不进，你不停地看手机，看他有没有给你发信息、打电话，结果手机屏幕永远都是漆黑一片。

你晚上买了酒把自己灌醉，下意识希望自己喝多了就有勇气去找他。是的，你喝多了，给他打了无数个电话，发了无数条短信，都石沉大海，你感觉你可能再也不会喜欢上任何人了。

当你面临第三五次分手，你淡定地删了他的微信，拉黑了他的手机号码，这么做的目的是防止自己哪天不小心跟朋友喝多了会打电话骚扰他，所以你提早切断了自己的一切后路。

你请了一天假，把自己关在房间里一天一夜不吃不喝，难过了就哭，哭累了就睡，就这样浑浑噩噩过了一天。第二天闹钟响起，你起床洗把脸，敷片面膜，化了对于同事来说许久不见的精致妆容，穿了最近最喜欢的一件衣服，背上最贵的包，跟没事人一样上班去了。

女生面临第一次的时候，总是新鲜感掺杂着兴奋，那种第一次去经历一件事的愉悦感是很难用言语去描绘的，因为那个时候我们都还年轻，各种观念还很模糊。

后来我们经历的事情越来越多，理智逐渐代替了感性，最后明白，在生命的长河里，很多人都只是生命的插曲，不必太介怀，虽然放下了，却也没有以前开心了。

希望余生，你能找到一个待你始终如一的人，可以不必体验人生三五次的滋味，做个快乐的“小孩”。

尊重和包容有多重要

1

上个礼拜，朋友佳佳在微信群里吐槽说，她过28岁的生日，在KTV里开了个VIP包间，收到了很多朋友的礼物和祝福，原本是开开心心的一件事，却因为朋友圈的一条留言，让她十分不爽。

原来当天，佳佳发了一条关于自己生日的朋友圈，照片中，她拿着红酒杯笑得很甜，桌上摆放着一个精致的蛋糕和一些好友所送的礼物。

佳佳说，28岁这个生日，是她人生中最特别的一个生日，因为在这一年，她彻底摆脱了渣男，在事业上也有了新的发展，而这样一个有纪念意义的生日，在某个人的眼里是不体面的，甚至是有点儿丢脸的。

“都28岁了，还过什么生日，是不是应该先想想怎么把自己给嫁出去？”

佳佳看到这条留言的时候，第一个想法就是找我们吐槽，她说她的这位前同事，平时特别爱在她的朋友圈留言。

前阵子她和闺密去了心心念念的意大利，买了很多东西，也拍了很多好看的照片，这位前同事却在底下评论说："女孩子没结婚前，还是多留点儿钱给自己当嫁妆吧。"

她在朋友圈转发了一条有关"家暴"的文章，呼吁女孩子一定要保护好自己，而那位前同事却跟她大聊"女德"。

佳佳说，在这位女同事的眼里，女人的意义仿佛就只有结婚生子，所以她的视野和格局狭隘到非要别人跟她一样才行。三观不同可以理解，但不尊重他人，还自顾自地晒着优越感的人，才是真正没见过世面。

2

我有个朋友特别爱听爵士乐，他会因为酒吧里放的一首爵士乐而点上一杯威士忌，呆坐上好几个钟头。

身边的人为此经常嘲笑他，说这年头，去酒吧居然不是为了喝酒、蹦迪、泡妞，而是去听音乐，这样的人怕是已经绝种了吧。

但我们笑归笑，还是会尊重他的兴趣爱好，并且觉得他这个人特别有趣，能让你了解很多不知道的东西。

曾有个读者问我："林熙，你说两个没有共同语言、共同爱好的人，到底能不能在一起？"

在这里我想说明下，有时候兴趣、爱好的不同，不足以说明你们是不合适的两个人。可能很多人都觉得，所谓的"三观不合"，就是我喜欢吃甜，而你喜欢吃辣；我喜欢文艺小资，而你却喜欢娱乐综艺。但是别忘了，在这个世界上，完全相同的人是很难寻觅的，就算有幸被你碰到了，也不一定能走到一起。

而一个好的伴侣，他虽然不喜欢你喜欢的东西，却能包容你，尊重你的那份喜欢，有的甚至会“爱屋及乌”。真正见过世面的人，是不会拿自己的那套标准来苛责你，而是能够尊重你的不同，欣赏不一样的你。

3

我曾经在微博里看到这样一句话：“把喜欢的东西分享给不懂的人是自取其辱式孤独。”成千上万的人点赞、转发，评论里一片感同身受。

可能大家都遇到过这样类似的经历，当你准备在朋友圈里敞开心扉，分享自己的生活以及想法的时候，总有会给你当头一棒的人，他们站在道德的制高点批评你、约束你，但凡是他们不喜欢的，就是错的、不正常的。

妮子说，现在的她发一条日常的朋友圈都要深思熟虑，生怕被不懂的人给误解了。

前阵子，她在朋友圈晒出了一款自己中意了很久的手表，她说那是她攒了大半年的钱才买到的，也是想鼓励自己，在职场上能更加努力，去拥有更好的东西。

可就是这样一条正能量的朋友圈，就有人嘲讽她败家、虚荣；还有人说没那个必要买那么好，像这样的款式淘宝上随便就能淘出一堆。

妮子看到后很生气，甚至想拉黑那些人。她跑过来问我：“难道买贵的东西就一定是铺张浪费吗？”

我说每个人的价值观不一样，有的人觉得穿的用的不必买得太好，却在吃的方面更讲究，有的人注重生活品质，追求奢侈品，却在吃的方面不太讲究。这两者之间根本就没有谁对谁错，谁比谁高级。毕竟每个人对事物价值的定义都不同，在我眼里这已然成了一种常态。

而那些没见过世面的人，才会一股脑儿地把你全盘否定了，还得意扬扬地来秀自己的优越感。

要知道尊重和包容本就是相互的，你给别人体面，别人才会给你体面，你善待别人，别人才会善待你。

他爱不爱你，作一下就知道

1

我曾收到一位读者的来信，她问我："林熙，男生爱上一个女生的时候，是不是会表现得越来越成熟？"

起初我有点儿不太理解她的意思，便问她成熟的具体表现是什么。

过了一会儿，我收到了她的回复，她说她和相亲认识的男生交往了两个月，在这两个月里，他们两个相处得还算可以。对方是个很有礼貌也很讲道理的男生，约会从不迟到，吃饭也总是抢着买单，每次约会完也都会送她回家。

正因为如此，她对他也是有一点儿心动的。毕竟相亲能遇到一个"还不错"的男生，也是件不容易的事情。

可接下去发生的几件小事，让她开始对这段感情有点儿犹豫了。

原来，14号情人节的那天，男生正好在外头出差，也没给她准备礼物，女生便在微信里赌气说了两句，原本是想着男朋友能哄哄她，结果却换来男朋友一句不痛不痒的话："你怎么那么不懂事？我忙着赚钱。”

她和我说：“林熙，我倒不是很在乎有没有礼物，只是觉得我和他之间太相敬如宾了，事事都要讲道理。”

2

相比成熟理性、相敬如宾的爱情，我更喜欢谈那种互相能够打情骂俏的恋爱。

可能是现在的感情都太过暧昧，又缺少仪式感，很多人都开始分不清自己遇上的究竟是真爱还是假情，不想错过一个好的人，却又想知道自己在对方心里到底重不重要。

其实，一个人爱不爱你，你作一下就知道了。

比如突然间生闷气，不理不睬，又或是像个孩子般吃醋打闹。

爱你的人会包容你，会照顾你的情绪，有些甚至觉得你的那份作是一种可爱。而不爱你的人，面对你偶尔的无理取闹，他可能一转身就走了。

我有一个朋友，一年前认识个男的，两人刚开始谈恋爱的时候，她感觉对方还挺好的，可时间久了，她发现自己在这段感情中变得越来越被动。因为男生很少约她出去，就连微信上的聊天也都是一些无关你我的话题，有时聊着聊着他就不见了踪影。

有一次，朋友就因为一件事跟他闹情绪，结果他一句话都没说就直接屏蔽了她，选择用冷暴力结束了这段感情。

朋友和我说，这是她和男友在一起的这段时间里，唯一一次闹情绪，也正是因为这一次，她彻底死心了，看清了对方根本就是个不顾及她的浑蛋。

我说："一个在乎你的人，怎么可能舍得看着你在情绪里挣扎，却又无动于衷。"

3

在我眼里，一个男生若是肯包容女生的作，就是对她最大的肯定和爱。

特别是对于某些不善言辞的直男而言，在面对一个爱作、爱发脾气的女朋友时，还能做到服软，肯照顾对方的感受，那他一定非常非常爱对方了。

记得我有一个同事，没谈恋爱之前是一个钢铁直男，不懂得哄人，谈恋爱以后真的整个人都变了。听说他女朋友管他管得很严，晚上不允许他出去喝酒，看到他和其他女孩子聊天都要作很久。

原本，我们都以为这段感情持续不了多久，但打脸的是这两人的感情一年比一年好，今年两人还直接在朋友圈里晒了结婚证。

我有个嘴欠的同事就很好奇，问他是怎么忍受女朋友的。

他笑了笑说："可能就是喜欢吧，喜欢一个人的时候，连她的缺点都会变成优点。”

为什么我常常在文章里说，要找一个愿意宠你的男朋友呢？因为那个肯事事包容你，愿意哄你的男生，他的心一定是向着你的，女生跟这样的男生在一起才会有安全感。感情一旦有了安全感，离幸福就不远了。

一段好的关系必然离不开一个爱你的人，因为只有爱你的人，才能过滤你的缺点，并做好与你共度一生的准备。

女生千万不要在感情里自欺欺人，也不要在不值得的人身上浪费时间。男生给的爱其实一直都很简单，他爱不爱你，你只要作一下就知道了。

第二章 和你一起走在风光无限的道路上

如果你在风中拥抱我，如果你的目光里有我的身影，如果你的诺言会告诉我永远，那么我愿意站在黑暗里，一次次地倾听你的声音，和你一起走在风光无限的道路上。

男朋友爱你的九大等级

我做情感号这么久，被问到最多的问题大概就是：他是不是真的喜欢我。

有时候女生看似精明聪颖，但是一遇到感情问题总是会乱了阵脚，不是因为她们傻，只是她们相对更加感性一些。

还有一些女生明明身在福中，正在被男友爱着却感受不到，这类女生的神经一般都比较粗。

记得以前有位读者咨询我，问我男友是不是真的爱她。她说："他是个比较古板的人，会跟我说早晚安，会接送我下班，会带我去新开的餐厅，有时候我感觉他是喜欢我的，可他冷淡的时候又会让我感觉他好像并不喜欢我，对我的好也只是敷衍。"

有时候，很多人在感情中都无法分辨男友的爱究竟有多少，其实，男朋友爱你的程度可以分九大等级。

第一级：微信置顶，备注昵称

确定恋爱关系后，最基本的一件事就是将对方的电话、微信等各种通讯方式的备注都修改成比较亲昵的昵称，如果不习惯修改昵称，最起码也要将对方的微信置顶，这样能第一时间看到对方的消息。

第二级：主动和你说晚安

他会每天主动给你发微信，每天跟你聊天，陪你打游戏，空的时候会带你去吃饭、看电影，每天睡前都会主动跟你道晚安，但是很少会跟你说早安。这个阶段，你们的感情基本上是你比较被动，他是拉着感情主线的那一方。

第三级：分得清女朋友和女生的界限

到了这个阶段的男生相对更让女生踏实一些，一个爱你的人必然能够分得清楚女朋友和女生的区别，当一个男生心里装着你的时候，他自然会跟身边的女性朋友、女同事划清界限，沟通的时候也会保持好分寸。

第四级：吵架时，他不会跟你冷暴力

一个有涵养的男生绝不会在争吵的时候对自己的女朋友使用冷暴力，白天工作其实已经很累了，爱你的人不会让你猜来猜去、疑神疑鬼，即使是吵架也会什么事都跟你讲清楚，绝不会对你使用冷暴力，让你没有安全感。

第五级：在乎你的感受

他会尽量将你事事放在第一位，会为你考虑，会记得你的生理期，会在节日的时候自觉给你准备好你心仪的礼物，或发一个不算太小的红包给你，他可能做不到24小时都对你有空，但是也会尽量在忙碌中为你抽空。到这个阶段，他其实已经算得上一个称职的男朋友了。

第六级：消息可以不秒回，但看到就会回

成年人的世界都很忙，面对老板的消息都不可能做到秒回，更别说是女朋友的消息了，所以如果男朋友没秒回你消息的时候先不要着急生气，只要他晚回复你时会告知你他刚刚在干吗，有向你解释的态度，能做到看到消息就会回就好。

第七级：陪你一起闹，陪你一起笑

到这个等级的感情已经比普通感情好太多了，他是个有趣的人，且跟你三观一致，能听得懂你玩笑里的梗，并跟你一起开怀大笑。你喜欢吃蔬菜，他喜欢吃肉，你喜欢吃虾，他负责帮你剥虾。你们偶尔会有争吵，都是他主动先服软道歉，他更害怕失去你。

第八级：随时随地给你充电，给你正能量

真正的爱情不是彼此消耗，而是彼此滋养。一个真正爱你的男生会支持你去做自己喜欢的事情，就算你做了错事，他也不会太责备你，只是轻轻揉揉你的头，告诉你吸取教训就行了，不要太自责了，还会安慰你。你跟他在一起后，变得笑得很多，哭得很少。

第九级：为了你去奋斗，给你一个有关未来的规划

他的世界只有你，只围着你转，一切为了你考虑，会考虑你的感受，考虑你们的将来，会不动声色地为了你们的未来很努力地奋斗。遇见你之前他从没幻想过家的样子，遇见你之后，有你的地方就是他的家。

每个人表达爱的方式不同，在感情中没有百分百完美的爱人。

享受爱的同时必然要接受掺杂其间的疲惫和争吵，这些都是爱的附赠品。就算是买包薯片，还得连着袋子里的空气一块儿付钱，更何况是爱。

只要他爱你的等级刚好让你感到舒适，并且你也深爱着他，那么他就是你的完美男朋友。

碰到爱删朋友圈的姑娘就娶了吧

1

我们都知道，当代人的社交离不开网络，更离不开朋友圈，因为朋友圈体现了一个人的生活状态。我们通过朋友圈去分享自己的生活，也试图通过朋友圈去了解一个人。

不知道你们的身边有没有这样的女生，明明有时候一天能连发好几条朋友圈，可当你偶尔点开她的朋友圈想要关注下她的生活，却发现里面一条朋友圈都没有。

碰到这种情况，我一般会下意识地认为自己被对方删了，或是被对方屏蔽了。直到有一次，寥寥和我解释说：“林熙，我没有屏蔽你，只是我有个特别不好的习惯，就是爱删朋友圈。”

我说：“可你那些朋友圈里有很多你旅行时分享的点点滴滴，都删了不是很可惜吗？”

她说：“其实我发朋友圈并不是给那些陌生人看的，而是发给我最熟悉的、最喜欢的人看的。所以每一张自拍、每一段文字，我都酝酿了很久很久才发的。不管矫不矫情，不管有没有人能够理解，只要那个人看到就好。我隔三岔五地删除一些朋友圈，是因为觉得之前发的已经没有存在的必要了。”

虽然我不是一个特别爱删朋友圈的人，但是我想，那些爱删朋友圈的女生，大概除了没有安全感，对待感情可能都特别专一吧——喜欢一个人的时候，朋友圈都是为他而发的，也是为他而删的。

2

我注意到微信上有一部分女生，朋友圈过一段时间就会被清理得干干净净。她们没有太多浮夸的言辞、繁杂的社交，只有简简单单的记录和分享，通常晚上流露出来的情绪，还没熬到天亮就被默默地删除了。她们不会轻易把自己的内心展现出来，总是给别人留下一副岁月静好的模样。

妮可说：“我花了半小时去编辑一段文字，可刚发出去五分钟就开始后悔了，大概是这一秒理智的自己，受不了上一秒的矫情吧。”

妮可曾喜欢过一个男生很长一段时间，她朋友圈里的内容几乎全是关于他的。可让她愤怒的是，这个男生在撩她的时候，居然还和其他的女生保持着暧昧的关系。发现被欺骗以后，妮可没有哭也没有闹，而是把男生给拉黑了，顺便把朋友圈也给清空了。

她和我说：“林熙，我喜欢一个人的时候，眼里根本容不下一粒沙子，无论是对待爱情也好，友情也罢，只要走心过的，就不存在将就。任何关系，如果你想陌生，我掉头就走。这大概是一种‘感情洁癖’吧，我对待任何人都有一颗真诚的心，所以受不了被套路、被欺骗和被忽视的感觉。”

3

爱删朋友圈的人看上去总是很酷，凡事都不拖泥带水，干脆利落，但表面上的坚强往往只是为了掩饰心中的脆弱。

别随便撩一个爱删朋友圈的姑娘，因为爱删朋友圈的人大多都很敏感，她们没有什么坏心眼，只有一颗纯粹的、善良的、容易被打动的心。

就像妮可，虽然她当初选择了放下，但之后很多年，她都很难再喜欢上一个人。因为要重新爱上一个人真的好难，谁都想谈恋爱，却害怕患得患失，被他人辜负的感觉。

有人说，爱删朋友圈的女生追不得，因为她们太玻璃心，也很难去了解。我说，正是这样的女生，才值得一个男生好好去爱。

为什么？因为这样的女生一旦谈了恋爱，就必定是认真的，她不容许男朋友三心二意，因为感情对她们而言，在一起了就是一辈子的事情啊。

她们虽然甘愿为了爱情做一个傻子，有了委屈和情绪也自己咽，但她们绝对不会选择将就，一旦攒够了失望就离开。

就好像她们发过的朋友圈，留下来的都是有价值、有意义的，否则过不了多久就删，绝不会让它停留太久。

我曾说过爱情是奢侈的，我们自始至终都在找一个值得爱的人，这样才能放心地去付出，去给彼此一个美好的未来。

所以，如果你不认真对待，那往后可能没机会再遇到比她更好的人了。

碰到爱删朋友圈的姑娘就娶了吧。

男人最不珍惜的三种女人排行榜

你有没有发现这样一个规律？越是脾气差、越作的女生，她的男朋友反而对她很好，而那些乖巧懂事的女生最后总是被分手。上天有时候似乎一点儿都不眷顾那些乖女孩，反而对那些“坏”女孩关爱有加。

雯雯跟我说：“林熙，现在大家的恋爱观都变了，女生喜欢渣男，男生喜欢渣女，以前吃香的好男人、好女人，现在变成了滞销货。”

我说：“因为渣男有趣，渣女猜不透。”

是啊，感情就是这样不公平，不是你付出多就能收获更多，有时候你付出得多，可能越不被珍惜、受伤越深，爱情从不是一味地取悦和迎合就能拥有的。

你的乖巧、懂事、善良，在不珍惜你的人眼里可能成了无趣、呆板、傻。

我一直提倡女性在恋爱中一定要握有感情的主动权，在感情中一定不能成为下面这三种女人。

1. 特别爱他的女人

陈奕迅在歌曲《红玫瑰》中，大概唱出了感情中大部分情侣的状态：得不到的永远在骚动，被偏爱的都有恃无恐。

女生在感情中最怕的就是先付出所有的感情，那么你永远都只能成为在骚动的那一方。

知道谈恋爱最忌讳什么吗？

恋爱中最忌讳的不是平时有点小情绪、小性子，而是太过投入。如果一个男人对你的喜欢有80%，那么你回应他的感情只需要50%就够了。

因为如果你回应他50%，他会把你捧在手心，如果你回应他相同的80%，他就不会把你当一回事。

所以千万别做感情中那个特别爱他的人，你对他的爱可以表现在行动中，但是千万不要说出来让他知道，他知道得越多对你越懈怠。

2. 特别“懂事”的女人

我常常说娇情有人疼，懂事被雷劈，会撒娇的女生都特别好命。

为什么女生可以一眼鉴别那些“婊”，而男人不可以？因为在男人的眼里，那些喜欢嘤嘤嘤、装柔弱的女生真的会激发他们的保护欲，当这种保护欲充斥男人大脑的时候，便无法理智地判断思考了。

所以宁愿在男人面前做个“婊”，也不要做那个懂事的女人。

有人说："感情就应该是平等的，如果认定一个人，那么你就该好好对待他，不让他操心，做个懂事的女人。不要等对方累了，才后悔没有去好好对待，你对感情付出得少，以后也会遇到相同的人来这样对待你。"

是啊，感情是平等的，但是男女是不一样的，男人喜欢征服的过程，你回应多了，太过懂事，他对你很快就会腻了。

就好像打游戏，一盘已经打通关的游戏谁还会去多留恋一眼？因为对于男人来说，你的懂事就是他通关的信号。

3. 从来不花他钱的女人

女人对于感情的要求无非就是两点：图钱，图感情。

那些从不花男人一分钱的女人，图的就是男人对她的好，希望从侧面告诉男人我不图你的钱，你对我好就够了。

但是，想法往往是美好的，现实却总是很残酷。

我见过那些过得好的女人，基本都是一边花着老公的钱，一边享受着老公的爱，而那些不图钱、不花男人钱的女人最后都没有什么好下场。

因为一个男人对钱的态度里藏着他的心，你不花他的钱，久而久之他认为不给你花钱是理所当然，一个理所当然不给你花钱的男人，你还指望他能有多爱你。

有些人会问："为什么你越高冷，男人越会疯狂爱你？"

因为你越冷，他就会越热，你保持距离，他就会越想靠近，你越难得到，他就倍感珍惜，你不抱任何期待，随遇而安，那么他的反应才不会让你患得患失，这就是心理学中的"潘多拉"效应。

你如果喜欢哪个男人，记得一定不要让他觉得你已经离不开他，也不要在他面前太过懂事，更不要不花他的钱。

女人千万记住感情中用30%去爱，用剩下的70%爱自己。你在感情中的自私、理智，真的能让你过得越来越好。

谈恋爱没必要一直聊天吧

1

自从春节放假以后，我就喜欢宅在家里，或是找朋友一起打牌，一是想躲避亲戚的追问，二是趁着放假的时候，多花时间回复一些粉丝的信息。

说实话，作为一名单身狗，我挺羡慕有对象的人过年不用发愁，也不会无聊，想说话的时候有人陪，不用对着手机、电脑发呆。

我将这些想法在微信上告诉我一个朋友的时候，她发了一个意味不明的表情给我，说："我跟我对象都快一礼拜没讲话了。"

正当我在脑海里寻思着什么的时候，她又接着说："其实没什么好羡慕的，我对象大年初一发了四个字'新年快乐'，之后就跟人间蒸发了一样，不回我微信。我打电话过去，他总说正忙着打牌，让我别去打扰他。

"可是林熙，你知道吗？我表面上虽然看起来很独立，实际上却是那种特别没安全感的女生，有很多的内心戏，我总是不受控地胡思乱想。特别是当他对我表现得不够热情，对我没有什么回应的时候，我就会变得迷茫，变得无助。但每次我跟他提这些，他总是嫌我太作，太黏着他，还说谈恋爱没必要一直聊天吧。”

我说：“我十分能理解你的感受，有时候，谈恋爱是需要沟通和理解的。”

2

想起前阵子，我在网上看到一段文字，称“90后”这一代的恋爱是降级的——欲望在降级、表白在降级、约会在降级、聊天在降级、纪念日在降级、社交圈在降级，甚至连吵架的数量和质量都在降级。

归根结底，就是现在的人为了省事，都懒得谈恋爱了。

主动表白的男生越来越少，男生们喜欢享受暧昧，就算有了女朋友也不想履行他们作为男朋友的义务，女生因此被逼得越来越独立，对感情的期望值也越来越低。

当然，作为一名成年男性，我深知社会各方面的压力和重担，也曾在感情中做过很多吃力不讨好的事情。但在今天，我依然不赞同一些男生的做法——喜欢一个女生是抱有纯目的性的，无耐心，追到手了就不在意、不珍惜，甚至是放一边置之不理。

在我眼里，如果连聊天——谈恋爱最基本的交流，都懒得空出时间去做的话，那么还有什么资格说爱呢。

喜欢一个人，多付出一点儿时间去沟通，多花点儿耐心去关心，虽然付出多结果不一定会完美，但感情就像是健身一样，辛苦付出之后尝到甜，才是最好的。

感情的好与坏，真的少不了双方积极的付出和沟通。

3

有些人的感情之所以不甜不苦，不喜不悲，像白开水一样乏味无趣，恰恰是因为彼此间缺少了最重要的交流和互动。

我见过那些谈恋爱谈得好的人，有些是异地恋，每天雷打不动打三小时的视频电话，就算不能经常见面，也在电话那头甜腻得让人羡慕。

有些结了婚，还乐此不疲地在上班之余和对方互发微信，聊的大多是一些微不足道、琐碎得不能再琐碎的事情，可能旁人看了他们的对话觉得无趣，两个人却说得津津有味，有商有量的。

有些情侣热恋了大半年，吵吵闹闹，分分合合，但从未有过冷战，一翻开微信聊天记录，满满的都是回忆，是每一天在一起的记录。

好的感情不光靠行动，还是一个字、一句话长年累月地聊出来的。

我问过我身边一个正在恋爱的女生："有哪些事情是让你觉得甜蜜的？"

她说，除了意外收到对方的礼物，让她最喜欢的一件事，就是彼此接连不断地聊天，会让她有一种始终被陪伴的感觉。就算不能每时每刻在一起，但是两个人都能在微信里率直地表达自己的情绪和想法。每当她临睡的时候，翻看手机，或是想起见面时说过的那些话，心里面的那份充盈感就会很真实。

大概，我们都渴望被对方时时挂念着的感情吧。

“微信可以撤回，但你给的伤害永远撤回不了”

1

2014年微信上线了“撤回”功能，自此发出的消息两分钟内都可以撤回。出口的话再也不像泼出的水，一去不回了。

然而微信可以给你留足两分钟的后悔时间，及时弥补过错，嘴巴却不行。说出口的话、一时冲动伤害的人、被人记恨的失言，一旦出口，再难撤回。

许多话只出口一次，却后悔了99次。

2

“我们可能是两个世界的人，现在分手还不算错太久。”

夏夏生日那天，打电话给还在加班的男友，这是她在电话里说的最后一句，当晚就搬出了他们同居的家。

男友是夏夏大学的学长，两个人在社团招新的摊位前一见钟情，谈着最甜蜜的校园恋爱，虽然也经历过一些坎坷和波折，但象牙塔里遇到的问题，在进入社会的现实面前根本算不上问题。

夏夏毕业后，放弃了爸妈安排的工作，选择留外地陪男友。男友懂得夏夏为他付出了什么，为了给未来创造更好的生活，因此加倍努力。

但罅隙也因此而生，程序员男友长期加班，和夏夏交流渐少。五周年纪念日，男友连饭都没吃就被电话叫走了。夏夏生日当天，他更是没时间回来。

她提出分手时，不过是想被挽留而说的气话。可那边一阵沉默后，只是祝她幸福。

这不是她第一次说分手，却成了最后一次。牧童在山上反复叫喊“狼来了”，最后狼真的来了，却没人相信他了。

分手的话不能随便乱讲，说多了就成真了。

3

“总拿我和别人家孩子比较，你又能给我什么？”

再次被催婚后，安宇大声反问父母。这是他第一次当面责怪自己的原生家庭，父母脸上流露出的受伤神情刺痛了他。

其实他父母不过是看他身边的人都已结婚生子，担心安宇一个人太孤单，也没有说太偏激的话，却激起了长久蛰伏在安宇心中的叛逆。

从小到大，安宇总是被拿来和别人家的孩子比较，好像无论他做什么都比不过别人。

但他们又给了他什么呢？别人家孩子是富二代，有房有车，靠收租都能过得潇洒自在。他却是被老板反复抽打的“社畜”，相互有好感的女生，在得知他的家庭条件后，望而止步。

“我变成这个样子，还不是你们逼的！”

这好像也不是他第一次埋怨父母，小时候怪父母买不起他想要的东西，毕业后找工作受挫，埋怨父母没本事，不如别人家里早已安排好一切。其实在父母催促他的同时，他又何尝不是用自己的言语，一次次地伤害他们。

看到母亲扭过头去默默擦泪，父亲垂下头，露出秃秃的发顶，安宇也后悔了，但说出去的话就像堵在心里的块垒，越说怨气积攒得越多，他也有些后悔了。

4

少年时期拒绝过的告白，分手时以及与朋友吵架时，为了一时痛快，说出的刺人话语，都句句见血。但凡说出口的，无论是刚刚出口的，还是已经过去很久的，一旦出口，就再难补救了。

微信撤回亦如此，即便有了撤回功能，那些一直抱着手机陪你聊天的人，照样能够看到你发的信息。那些错过你撤回的消息的，不过是些没那么在意你的人罢了。

同样的，来自外界陌生的言语攻击也好，伤害也罢，人会自动弹出

“不听不听，王八念经”的保护罩，但面对亲人、朋友、熟人时，保护罩就失效了。

所有能被你伤害到的人，一定是在乎你的人。对于他们，说话更要深思熟虑，即便是处于激烈的情绪中，也一定要把最伤人的话按住，不能讲。

伤人的话就像钉进墙壁的钉子，即便拔掉钉子，墙壁上依然会留下钉孔——亲密没了，罅隙丛生，这段关系也就完蛋了。

与其频频后悔，不如在最冲动的时刻冷静下来，认真思考每一句话是否该说出口。

良言一句三秋暖，恶语伤人二月寒。用拥抱代替推搡，用亲吻代替争执，用谨言慎行代替一时冲动。

人生没有后悔药，向前走的人生同样不能撤回。

怎么分辨他是想追你，还是想撩你

时常有读者在聊天时和我倾诉说自己遇上了渣男，没在一起前他对她百般呵护，在一起之后就突然变得爱搭不理。

明明当初是他试图接近，刻意讨好，但是当你对他有好感的时候，渐渐走远的也是他。

遇到这类男生的时候，女生常常会一脸蒙，反复思考自己究竟做错了什么导致他离自己而去，明明前几天还好好的，为什么突然间就变了。

其实，你没有做错什么，原因出在他其实只是在撩你，并不是在追你。

那么追跟撩的区别在哪儿？

1. 撩只是在卖弄，追是有仪式感的

我曾经在文章中写过，喜欢一个人都是小心翼翼的，而撩人则是肆无忌惮的。

撩你的人会在刚认识你几天的时候就开始天花乱坠地吹嘘自己有多

么喜欢你，跟你说很多暧昧的话，让你能跟他擦出火花。

而追你的男生话并不多，但是会用实际行动让你知道他喜欢你，比如节日的时候会为你精心地准备礼物，讨你欢心。

2. 撩是侃侃而谈，追是手足无措

很多人觉得男生一旦喜欢上了某个人之后就会变得话多，其实不是的，如果一个男生真的喜欢你，反而会表现出前所未有的害羞和笨拙。

那些满嘴跑火车，能够在你面前妙语连珠表达爱意，会在喝多了跟你说很想你很爱你，却在酒醒后跟没事人一样的只是在撩你。

真正的喜欢是手足无措的，追你的人爱意都藏在了心里，靠眼神告诉你，通过行动跟细节让你感动，而不是靠嘴炮。

3. 撩是在你的朋友圈疯狂点赞评论，追是在朋友圈暗中关注你

追你的人每天偷偷查看你的朋友圈，怕你有什么最新的动态被他遗漏，看你发照片了也不敢评论，只敢在暗中观察。

撩你的人只有在刷朋友圈的时候才会注意到你，你在朋友圈发的动态他也只是粗略看一眼，如果长得不错，他就会评论“你真好看”，但是这些都是不走心且广撒网式的行动，因为那句“你真好看”他可能说给过朋友圈里的很多女生吧。

想追你的人会点开你的头像看你的朋友圈好几十遍，跟你聊天的时

候，你总是看到“对方正在输入中”的字眼，但是收到的消息却只有简短的几句话。

那是因为他跟你聊天的时候怕自己说太多让你讨厌，让你误解，所以总是打了一堆字又删了，删删打打。

4. 撩是忽冷忽热，追是认真且尻

跟读者聊天的时候，经常会遇到许多傻姑娘跟我说：“林熙，男朋友工作总是很忙，没时间陪我，我给他发消息也时常等不到回复。”

其实男朋友不是真的很忙，他只不过是没那么喜欢你罢了。

你换位思考下，如果你喜欢一个人，就算你忙得焦头烂额，你也会在吃饭的时候抽空给对方回个信息说明下情况，以免对方担心。

但是当你不喜欢一个人的时候，他在你忙的时候给你发信息，你看见后一定是自动忽略的。

撩你的人总是很忙，且忽冷忽热，真正喜欢你的人是再忙也会抽空理你，且对你认真。

5. 撩会用套路，真正的喜欢是用不出套路的

我曾经问过身边的男生追跟撩的区别，他们一致认为，当你想撩一个女生时大脑反应会很快，脑子里面各种套路一环扣一环，是为达目的不择手段的那种。

但是当你喜欢上一个女生想要追她的时候，脑子跟短路了似的，套路也一个都想不出来了，总害怕用套路去追就会失去她，从而变得缩手缩脚。

撩你的人跟你说尽千百句的情话，独独没有那句“我爱你”。

我时常告诫身边的朋友要难追点儿，这样对方就会更珍惜你一些。

信息也别总是秒回，他约你见面的时候也别立马答应，矜持些，要懂得循序渐进。

有时候即便深爱一个人，也不要一股脑地把自己砸进去，给自己留几分清醒和尊严，让对方先为你付出，然后你再回报他一些。

有时候爱情就好像去购物，那些得来不易、价格高昂的产品会被小心翼翼地保存起来，而那些不费工夫就能得到的廉价产品，往往很难被珍惜。

我希望你能是“贵”的那一方，少受点儿爱情的苦，遇到的都是追你的人，屏蔽那些撩你的人。

别再逼你男朋友给你买口红了

1

有人说，成年人的爱情除了转账和娶你，其他都是扯淡。

可偏偏这句话让莎莎感到不快，因为她的男朋友是个特别爱计较的人，别说是转账，就连在星巴克买杯咖啡，他都要求AA。

起初莎莎觉得没什么，因为她赚的薪水足以养活她自己，而她真正想要的也只是他的爱罢了。

直到有一次，她和男友逛街路过香奈儿专柜，当她停下脚步试了试口红，回头向男友笑笑说她想要这支口红，问他能不能当作礼物送给她的时候，男友却一脸不耐烦地看向她，示意她离开。这场约会，最后因两个人的僵持不欢而散。

莎莎跟我说："林熙，我原本以为和他交往一年，就要求他买一支口红给我，应该不算过分，但没想到，他却连两三百块钱都不愿意为我付出。其实，我自己也不是买不起口红，只是想发个朋友圈秀恩爱，好让周围人都羡慕罢了。而每次我把这些想法告诉他的时候，他非但不能理解，还总教育我说，不要被一些三观不正的言论给洗脑了。”

我说：“真的，别再逼你男朋友给你买东西了。一个男人若是不想为你付出，不管你怎么努力，怎么去说服他，他都只会把你当作一个爱占他便宜的麻烦女人。”

2

俗话说，强扭的瓜不甜，爱你的人早就为你付出了，而那些迟迟不肯付出的，不是因为他情商低，而是因为他根本就没那么爱你罢了。

自从我写了《很多女生要对自己好》的文章以后，就常常会有一些男性朋友来黑我。

记得有一个人曾给我留言说：“女朋友自从看了你的文章后变得越来越作，原本天天洗衣、做饭、端茶、倒水都不会抱怨一句，现在动不动就要逼我给她买这买那的。”

而当我问他，他的女朋友究竟要他买什么东西的时候，他的回复让我感到吃惊。

他说，女朋友让他情人节的时候给她买花、买口红，生日的时候给她买个蛋糕。

讲真，我当时看完都感到不可思议，在情人节或是生日这样特殊的日子里，男生送女生礼物不是应该的吗？

再者，一支口红、一束花和一个蛋糕的钱，正常男人都能负担得起吧。如果谈恋爱连最基本的仪式感都不愿意给对方，反倒还要抱怨对方作，那做你女朋友真的太可怜了。你女朋友到底是有多不值钱，连口红这么便宜的东西你都舍不得送？

3

我见过一些谈恋爱特别懂事的女生，她们从不花对方的钱，不霸占对方的私人空间，可到了最后，她们往往是最受伤的一群人。

婷子就是这样一个女孩，只要一谈恋爱就会执着于付出，她总觉得她在感情上多付出一点儿，对方就能多爱她一些。但是这么做，到头来她不仅卑微了自己，也没能得到对方的尊重和付出。

婷子说，她在朋友圈里看到别的女孩子秀恩爱，于是也发给男朋友看，希望男朋友也能开窍，对自己好一些。这样的举动却让男朋友对她的态度越来越冷淡，有时还会不留颜面地骂她虚荣和拜金。

婷子不解地问我，是不是她男朋友压根就没明白她的意思。我摇了摇头说，男人其实不笨，他都懂，只是不乐意那么做罢了。

所以，别再逼一个眼里没你的男人，像宠女儿一样宠你了。女生要是遇上一个不乐意为你付出的男人，别犹豫，也别再傻乎乎地逼着对方为你花钱了。

相信我，你永远都叫不醒一个装睡的人，更感动不了一个不爱你的人。你唯一能做的就是赶紧离开，别回头，去拥抱更好、更值得你珍惜的男人，而不是硬要吊死在一棵树上奄奄一息。

要知道青春给了无用的人，再努力也是零；爱情给了不珍惜你的人，再挣扎也是徒劳。也没什么好不甘心的，世界本来就是不公平的，何必再为一些眼瞎的人影响心情。

余生还长，你总会遇到那个心甘情愿娶你又给你转账的人。

被人捧在心尖上宠爱，不要太甜哦

1. “把自己的女人宠得无法无天，让别的男人都接受不了”

前几天看《妈妈是超人》，到访谈霍思燕的时候，提到杜江平时对她的照顾，霍思燕一脸幸福，说自己每次收工回家，即便很晚，杜江也会在厨房给她准备吃的。

我看过霍思燕孕期的照片，个头小小的她，因为孕期水肿加各种原因，体重高达160斤，要知道她之前只有90斤，几乎又胖出一个她来。

一般的女生短期内体重暴涨这么多，想想都要崩溃。霍思燕却没那么纠结，每次和杜江露面的照片，都像老佛爷一样，被杜江小心翼翼地搀着，笑容满面。

朋友说：“见过不少产期抑郁的孕妇，再看霍思燕就明白了，被人捧在心尖上疼爱的女人，到底能有多幸福。”

以前看孙红雷的访谈，谈到对另一半的态度，他说：“我的女人想吃肉我给做，想吃樱桃我去买，我的女人脾气不好我惯着，我的女人磨叽我喜欢，我的女人耍大驴我宠着，我的女人没钱我养她，我的女人能花钱我赚去。”

有人说过：“聪明的男人会把自己的女人宠得无法无天，让别的男人都接受不了。只有傻男人才会让自己的女人受尽委屈，最终变成别的男人手心中的宝。”

2. “疼你在心尖上的人，一定会秒回你的消息”

有人说：“‘对方正在输入中’是最美的情话，因为它仅在对方收到消息后10秒内回复时，才会提示。”

爱你的男人，不会让你把时间浪费在无望的等待中，把你捧在心尖，才会秒回。

判断对方还有没有那么爱你，从他回复你消息的频率和速度，可见一斑。

我朋友阿昕“喂我吃狗粮”，把她和男友的聊天截图发我看。

每次聊天都是她发一句话，对方发一屏来回复，而且句子都很短，收尾时又会带着问题。

语句短，说明他打字的时候飞快，生怕阿昕等得久。结尾带问题，则是希望他和阿昕的聊天能够一直继续下去。

真正喜欢一个人的表现是秒回短信，迟迟不挂断电话，和你共度余生时每天晨起一句“早上好”，和想说又舍不得说晚安。

想知道对方是否真的爱你，不妨回忆一下你们俩聊天时，是谁回复得更快一些，是谁一直在说个不停。秒回你消息的男人，才把你捧在心尖上，当作生命之光。

3. “捧你在心尖的人，不介意把你宠成孩子”

有人说“出门不带脑子”是对爱人的最大信任，朋友说：“谈恋爱的时候岂止不带脑子，还每天被照顾得像个幼儿园小宝宝。”

朋友被追的过程，简直可以写成一本甜宠文。有回朋友去国外玩，飞机降落到机场时已经是凌晨三点，没有回本市的动车了，她打算在机场坐到早上再回去。没想到，她一下飞机就收到男友的信息，说在停车场等她。朋友这才知道，当时还没转正的男友从她闺密那里打听到飞机降落的时间，不辞辛苦驱车赶来，然后一直等到现在。

区分爱与不爱，全在细节。

朋友想起她的渣男前任，有回她看演唱会到12点，回家没车了，想让前任来接一下，却惨遭拒绝。

渣男根本没考虑朋友一个女孩子在外面会不会不安全，叫不到车怎么回家，只考虑他自己，跟朋友说：“你那么大人了，怎么都能想办法回来，别指望我，上一天班够累了。”

你看，这就是爱不爱的鲜明对比，不爱你的人恨不得时刻提醒你，你已经是个大人了，再没有任性撒娇的权利，相反还要承担起一堆鸡毛蒜皮的责任。但把你捧在心尖的人，恨不得把你宠成只吃糖果不吃苦的小公主。

其实女生很敏感，心动或心死，无须天崩地裂，只在一个瞬间。

朋友说，她和现任在一起后，他从来不让她做家务，厨房也一并承包。两个人出门吃烤肉，永远是现任负责烤，朋友吃就好。

朋友喜欢吃小龙虾懒得剥壳，现任就全剥好，串成一串递给朋友。有回朋友晚上梦见吃蛋挞，现任竟然凌晨两点出门给她买回来。

把你捧在心尖的男人，对他们来说，宠你疼你，只有下限绝无上限。即便你到80岁，也是他们眼中需要照顾的小宝宝。

4. “不是宠你一阵子，而是宠你一辈子”

除此之外，我还列举了一些“感觉自己被人捧在心尖的瞬间”，真的是太甜了。

（1）下雨天两个人同撑一把伞，男生半边已经湿透了，女友还被男生温暖地拥在怀里。

（2）男生出门会主动报备行程，微信头像设置成女友的照片，手机、银行卡的密码主动上交。

（3）下馆子，第一道菜一定点女友喜欢的。女友说好吃的菜，永远记下来。

（4）会主动介绍女友给朋友和家人，谋划彼此的将来。

（5）不轻易承诺，却会恪守每一次的承诺。

（6）即便吵架，先低头的人也是男生。

（7）过马路时会紧紧抓着女友的手，把女友挡在没有车的一侧。

（8）记得每一次纪念日和女友的生日，偷偷准备惊喜给她。

（9）了解女友的兴趣，尊重她的选择，并且支持她的决定。

（10）从不对女友发脾气，即便有了争执，冷静过来后主动服软。

有人说婚姻是女生的第二次投胎，我觉得这个时段可以提前一点儿，恋爱也是。好的恋爱让两个人共同进步，坏的恋爱却让人消沉堕落。

一段好的恋爱，一个好的恋人，能赋予你的也绝不止甜蜜那么简单，能带领你走向更美好的生活，拥有更自信的姿态，以及无所畏惧的底气与安全感。

所以找一个正确的恋爱对象真的很重要，他能让你感受到爱情的纯粹与美好，能带给你前所未有的自信与安全感。

当你有过被人捧在心尖上的宠爱，就再也不会为渣男寻死觅活。因为你很珍贵，是值得被人捧在心尖上的宝贝。

“这是我最后一次删你了”

1

有一天深夜我刚躺下，就收到了一条朋友的微信，是一条长长的语音，她声音沙哑，听起来像是刚喝完酒的样子。

她说：“林熙，我很难过，难过得快要死掉了。”

我大概能猜到是什么事，因为在此之前，她和我说了太多关于她跟那个男生的故事——酒吧里的邂逅，纠缠不清的暧昧，以及互相猜忌和伤害，她一步步地深陷，明知是泥潭还是无法自拔地想要靠近。

我说：“真的，你把他忘了吧。在没认识他之前，你有趣、自信、独立，无论你单不单身，我都很欣赏你。但自从你遇见他之后，就开始变得憔悴、敏感、自我怀疑。

“你每天和我聊得最多的话题不再是生活，不再是梦想，而是他对你有多么不好，可你又一次次为了他没尊严地妥协。虽然我以前说过，女孩子面对爱情的时候要主动点儿，但是如果这份主动没能换来对等的尊重和回报，那么坚持还有必要吗？”

姑娘，真正心疼你的人会在你冷的时候给你拥抱，而忍心看着你难过却又无动于衷的人，根本就不值得你去付出。你放不下的时候，多想想对方是怎么把你放下的吧。

一厢情愿的爱情，从来都是残酷的。哪怕你爱他爱到感动了自己，可在他眼里，你的付出、你流过的泪，可能都不值得一提。

2

莎莎曾经也喜欢过一个男生，两个人暧昧了几个月，陪伴了彼此最寂寞的时光，她突然间就觉得有点儿离不开了。

莎莎说："以前我觉得自己并没有那么喜欢他，只是后来因为一次争吵，删掉了他的微信，之后的那几天，我难过得好像失恋了一样。从那以后，我就知道我应该是有点儿喜欢上他了。

"可是林熙，你知道吗？我跟他的关系，仅仅停留在暧昧而已，看到他在微信里撩别的女生，我没资格作；他对我不理不睬，我甚至都没有发火的权利。可是，他总是恰到好处地给我吃糖，让我心存幻想，让我忍不住地为他付出。我就像个精神病患者，微信删了加，加了删，时常因为他的冷漠而崩溃，又因为他的一两句温柔的话破涕为笑。"

也许喜欢一个人就是卑微的开始，你会死皮赖脸地叫他陪你，对你温柔。可是你知道吗？在不爱你的人的眼里，你就像个总是给他惹麻烦的傻子。

3

不知道你们是不是和我一样，在微信里，曾有过一个无法打扰的人？他（她）是你爱过、留恋过、舍不得去删除的人，你却清楚地知道，你和他（她）之间已经不可能了。

为此，我曾在朋友圈里说过一段话，我说："对于那些不可能的人，你唯有把他删了，才能真正重新开始。你留着他的微信，看到他过得比你好，你会难过，看到他过得不好，你还是会难过。"

我们之所以会感到痛苦，不是因为爱情结束了，而是因为爱情仍然在你心里继续着。

你依然盼着、想着，甚至是他一给你点赞留言，你就开心得像个傻子。可是你要知道，有些东西注定是回不去的，就算他回头多看了你一眼，生活也不会停下前进的脚步，而徒增的暧昧和纠缠，只是不必要的烦恼和痛苦罢了。

所以，不要再贪恋他对你的温柔了，不可能的人，还是狠狠心就删了吧。

4

我知道一个人的日子之所以会难熬，不是因为扛不住寂寞，而是因为曾经享受过陪伴，所以你才会如此惊慌失措。

我也知道我们之所以会惊慌失措，只是因为太依赖对方。

这就像喝酒，当喝进去第一口的时候，你只能尝到酒的香味，当喝进去第七口第八口的时候，你开始兴奋，甚至还有点儿上瘾；而当你喝进去很多的时候，你已经醉了，醉得不管喝什么都觉得苦涩。

感情也是一样，你要时刻保持清醒，要给自己留有余地，爱三分刚刚好，留七分爱自己，不行就别勉强，你又不是不够好，只是还没遇到对的人。

在我的眼里，每个善良的好女孩都值得被好好对待，所以我真的不希望再收到类似“他很渣，可我很难过，因为我放不下”的消息了。

姑娘，你本该骄傲地活着，像一株一心向阳的向日葵一样。离开那个给你负能量的人，别回头，别挽留，做一个酷酷的女孩吧。

一旦停止学习，人生就开始倒退

1

每个人都想成为一名成功人士，拥有一个辉煌的人生，可现实是，很多人不想经历九九八十一难，却仍抱着侥幸的心态渴望成功。

我一直觉得，一个人的成功或失败并非偶然，而是各有各的原因。你付出得越多，生活给予你的机会也就越多；你努力得越少，未来走下坡路的机会也就越大。

有时候，一个人之所以会走下坡路，不是因为运气不好，而是始终都躲在自己的舒适圈里不肯成长。

朋友闪闪从事外贸跟单行业六年，最近整天和我抱怨说她每天的工作就像是在重复劳动一样，她虽然算得上是老员工，薪资却不见增长。

看到周围的同龄人升职的升职，加薪的加薪，还有的自己创业当了老板，再看看自己，快30岁的人了，还做着一份大学生就能随意取代的工作，不免感到有些焦虑。

我说：“那你有没有想过换一份工作，或者换个岗位试试呢？”

闪闪说："以前有想过，但现在完全没那个想法了，因为换个行业又得一切从零开始学习，实在是太麻烦了。"

就这样，闪闪总是一边责怪自己的老板不给她升职的机会，一边又不肯去尝试学习新的知识，枯燥的工作逐渐让她丧生了对生活的热情。她变得易怒易躁，喜欢怨天尤人，看到身边的那些佼佼者就忍不住酸溜溜地说，还不是因为人家家世好，才有今天的成功。

2

相比闪闪的那份狭隘，我想起了另一个和她差不多家庭背景的女生，名叫欢欢。欢欢自大学毕业以后就在外企勤勤恳恳工作了四年，但由于不满足于现状就辞掉了稳定的工作，跳槽到了一家外贸创业公司做业务主管。

欢欢跳槽的那几年，很多人都不看好她，觉得像她这样的年纪不应该再折腾事业了。她却眼神坚定地告诉我说，她不想将自己的人生局限于一家单位里，如果别的平台有更好的发展机会，能学习到更多的东西，那么何乐而不为呢。

欢欢的这份乐观和好学，使得她在新的公司里混得风生水起。

她和我说，当别人过着按部就班的生活，习惯五点半打卡下班的时候，她在公司里忙着学习新的外贸知识，以及如何与客户打交道；当别人的周末是宅在家里看剧或是出去狂欢的时候，她的周末却是在健身房里一边健身，一边复习英语单词。

和欢欢聊天的时候，你会发现她总有说不完的趣事和话题，她呈现出来的状态永远都是积极热情的。

相反，闪闪的工作虽然要更加安逸、舒适，整个人看起来却是颓丧的，殊不知，她的颓废和焦虑很大一部分的原因来自她这几年一直躲在自己的舒适区原地踏步。

3

不得不承认，快节奏的社会是残酷的，当你两三年还在做着同样的工作，局限于你现有的知识时，你的人生就已经开始倒退了。因为比你年轻、比你优秀的人会取代你，而那些比你努力、比你付出更多的人也会超越你。

学习并不是只能充盈一个人的生活，更重要的是它能让你看到更广阔的天空，发现未来更多的可能性。

在网上看到过这样一句话，我觉得说得特别好：任何人一旦停止学习就意味着老了，不管是20岁还是80岁。

所以啊，有时候年龄并不代表什么，真正让一个人走下坡路的，正是那颗懒惰而又不思进取的心。

她任性不是在无理取闹，而是……

1

这几天，我一个朋友在跟她的男朋友冷战。原因是男朋友半夜出去喝酒，直到第二天天快亮的时候才回去，而且这一整夜，男朋友连半条信息都没回她。

对此，男朋友连一句解释的话也没有，还很不耐烦地甩开她的手，说他很困，想要休息。她只好忍住脾气，默不作声地离开，只是没想到这一走，男朋友连一个电话、一条信息都没有。

就这样过了三天，她终于憋不住了，来找我说："林熙，我是不是该主动去找他，然后求和好？"

我说："你以前谈恋爱的那股子作劲怎么没了？你看你现在，就像个随时都肯低头认错的小朋友。"

她说："不是我不会作了，也不是我没脾气了，而是我越来越没底气了，我好怕就这样失去他。"

那一刻，我突然就想到以前经常在男朋友面前作的女孩，男朋友不回微信要作，男朋友不陪逛街要作，男朋友不哄她也要作。

先抛开“女生太作，容易分手”的观点，我想说的是，那个敢在一段感情面前作的人，往往是有被偏爱的底气的。

因为被偏爱了才敢作，如果仅仅只是被爱，是没有勇气作的。

2

其实女孩子谈恋爱的时候，大多都比较敏感，爱看细节，还容易想太多。

因为一段感情往往有太多的不确定因素，所以，她们总想确定自己是否被对方爱着。这也是为什么，很多女生常常控制不住地要在男朋友面前作。

不过最近我发现一个现象，那就是身边懂事的女孩真的越来越多了。

每每我打开微信，收到的咨询感情的信息不再是“男朋友出差没理会我的信息，我很生气”“男朋友忘了我的生日，我和他闹了一天”……而是，“林熙，我该怎么做，才能维持好这段关系”“我该怎么去做，他才能多在乎我一些”……

都说一个女孩子懂事，大多是因为背后没有人由她任性撒娇，给她疼爱。所以，她们只有靠自己去争取自己的幸福，而不是仰仗着对方的爱，来填充自己的安全感。

现在的社会大多都在教女孩子独立，不光是经济上，感情上也是如此。

在现实生活中，我们碰到过太多教你如何独立和懂事的男生了，反倒是那些把女朋友宠成小朋友的男生少之又少。

3

还记得大S吗？她初次和汪小菲上节目的时候，还被很多人痛批“太作、太矫情”。那是因为相比蒋勤勤的勤快和福原爱的贤惠，大S又哭又闹又不会做家务，就像一个任性的小女生。

但这一点也恰好是最让人羡慕的地方，大S的不懂事和任性，在汪小菲眼里完全就是女生该有的表现，他愿意一直陪伴着她，逗她笑，逗她开心。

其实在我眼里，这样的相处方式真的很甜，一个爱闹，一个愿宠。

并不是所有女生谈恋爱时都非得把自己变成样样都会的女强人，也并不是所有女生谈恋爱都要变得成熟懂事。

很多时候，真的要看另一半给了你多少爱。

4

大部分女生都渴望能找到这样一个可以依赖的男人。他不用太过优秀，只需要在你难过沮丧的时候给你一个坚定的拥抱，只需要在你说自己没事的时候，看穿你所有的逞强和伪装，只需要在你生气的时候能耐下性子哄哄你。因为依赖和作，本就是女生的天性。

可现实往往是残酷的，你也许会遇见一个“直男癌患者”，他从不服软，事事都靠你妥协让步；你也许会遇见一个渣男，你无论再努力也改变不了他出轨的想法。

渐渐地，你变得越来越独立，越来越不敢全身心地投入一段感情，你甚至都忘了上一次在男朋友面前作，是什么时候。

可你依然在心底渴望爱情，从你第一次羡慕别人的爱情开始。

你也好想卸下所有的刺，做一个在别人怀里撒娇的不懂事的女孩，你也好想在喜欢的人面前任性、生气，你也好渴望能看到对方在意你的眼神。

你也好想告诉别人，自己其实也有一颗少女心，不管时间过去多久，还是想要去完全依赖一个人，而那个人就是你眼中真正的盖世英雄。

你也不想再坚强了，只想做个内心柔软、有人疼爱的小女生。

我劝你不要翻男朋友手机

1

之前看《恋爱先生》时，有个桥段，江疏影发现男朋友有两部手机，一部专门在她面前用，另一部在厕所躲着用。发现这点后她起了疑心，佯作不在意地问男友，为什么要搞两部手机，多麻烦呀。对方的回答却特别闪躲，借口说是方便和国外公司联系。

后来她趁男友洗澡时，偷偷地翻看了那部神秘手机，却发现了男友已婚的秘密。

就像电影《手机》里讲的那句经典台词一样：“这哪里是手机，这分明就是手雷啊！”

手机里承载了无数我们不想让另一半知道的秘密，而手机的存在，就是情侣间的潜在危机。

“你有没有翻过另一半的手机？”我问了十几个女生，大多数人回答翻过，或是出于好奇，或是出于怀疑，而且多半是趁男友洗澡或睡觉时翻的。

我又问了一些男生朋友，会主动把手机交给女朋友翻吗？大多数男生表示这是一道送命题，不想回答，潜台词显而易见。

2

“手机里的秘密，一旦戳穿，也许你会后悔自己好奇过。”

《妻子的浪漫旅行》里，应采儿被问到有没有看过陈小春的手机，她大方回答“有看过”，但也是背着陈小春看的，她觉得陈小春不知道这件事。

那时她和陈小春在一起不久，有回翻陈小春手机，收到条信息，是个女人问他：“你怎么不见了？”应采儿说自己当时就蒙了，但她没有直接去质问陈小春，而是把这件事藏在心底许多年。

在怀疑与相信中，应采儿选择了后者。但到底是意难平，回忆起这件事时，她红着眼眶，还是哭了。我相信这件事成了应采儿心里迈不过去的一个坎儿。

爱情也好，婚姻也罢，难得糊涂，才会快乐。一旦捅开了窗户纸，再假装什么都没发生过，就很难了。

所以我不建议女生偷翻男友的手机，尤其是微信、短信、朋友圈之类的。

也许你翻看到的内容，并不是你想要的。同理，你和闺密的一些聊天内容，可能也不想让另一半知道。

如果他想要给你看，自然会大大方方给你，不会搞一堆密码，更不会遮遮掩掩。相反，如果你提出想要看他的微信，他却总是闪躲，那我建议你，要么分手，要么干脆忘掉这件事。否则，你偷摸看完，既不能找他吵架，心里又添堵，最后难受的还是你自己。

3

我们自以为无坚不摧的感情，兴许并没我们想象中的那么坚固。

电影《完美陌生人》讲的也是关于情侣间相互看手机的事：

表面看似默契无双的夫妻，其实早已同床异梦。丈夫每天躲在厕所里，用邮箱接收别人的裸照。妻子尽职尽责地扮演好老婆、好儿媳、好妈妈的角色，暗地里也会和别人电话激情。而一起长大的发小，自以为知根知底，却没想到他会暗自勾引自己的老婆。而还没出蜜月的小夫妻，看似蜜里调油，其实也早已暗存罅隙，丈夫的短信里满是他和别人的调情。

当第一个人提议将手机摆在桌上，并大声读出短信内容，甚至公放来电时，所有深藏在手机里的秘密和问题，逐渐浮出水面。

夫妻、情侣、兄弟们才发现，他们的亲情、爱情、友情，早已成了摇摇欲坠的危楼，看似光鲜亮丽，实则不堪一击。

另一半的手机，如果没有足够的自信，还是不要碰为好。

4

知乎上有人问："你会给另一半看微信聊天记录吗？"

最佳回答说得很有道理："不想给对方看也是正常心理，不给看不一定有鬼，给看也不代表绝对没问题。如今各种APP这么发达，你有多少资产，你去过哪里，留过什么痕迹，几乎能查得八九不离十。交出手机几乎等于向对方开放自己的所有秘密和记录，远超过普通恋爱关系的义务了。"

扪心自问，在你要求另一半把手机交给你自由翻看的时候，你自己能做到这一点吗？

大多数人的回答恐怕是不能的。据我所知，有相当数量的人，甚至会因为别人前后多翻阅了几张手机相册的照片，感到被冒犯。和别人发微信时，更反感有人在一旁偷看，不然防偷窥的钢化膜不至于卖得那么好。

"亲密有间"这四个字，每个人都应该记住。再亲密的人，也应该给对方留有一点儿独立空间。两个人的相处，并不一定要知晓对方的全部，才能获得真的快乐。

在没被别人允许前，不偷翻对方手机，也是成熟的表现。

5

知乎@护脸大耳说："聪慧的女人不需要靠看对方的手机来掌握对

方是不是出轨，生活中自有各种蛛丝马迹。还有一种蠢女人，原本好好的，什么情况都没有，就是心里缺乏安全感，必须靠翻对方手机才能寻求安全感。”

记得以前看过一个段子，说女生趁男友睡着后，偷翻他的朋友圈，发现所有美女的照片都不需要缓存，这意味着男友点开了每一张其他女生的照片。而且从来不给她点赞的男友，竟然在不少女生的照片下面评论：“美女好漂亮呀！”

这年头谁还没有点秘密，只要不影响感情的，睁一只眼闭一只眼就好了。就像我一个女生朋友，总是在微信里和我们吐槽她男友，但每次见面两人又甜得不行。

所以也给蠢蠢欲动想要翻看另一半手机的姑娘们提一个醒，不到万不得已，非得靠翻对方手机，坐实你之前的怀疑和不对劲前，离对方的社交软件和手机都远一点儿。

“爱情和婚姻的忠诚，多半靠的是自觉、责任心以及自我克制，而不是靠监督。”

愿你找到那个，不用翻手机，也觉得万般心安的人。

男人不爱你的几种表现

朋友妮可和她的小男友正处于热恋期，两个人如胶似漆，仿佛离了谁就要天崩地裂的感觉。

可是最近，妮可常常一副愁眉苦脸的样子，就连发的朋友圈也开始变得异常矫情，删了写，写了删，隔着屏幕都能闻到一股哀愁。

我一看这不太像她的作风，就问她怎么了。没想到这一问，妮可便像是漏了水的水龙头，止不住地向我吐槽她跟她小男友的事情。

比如她每次出去吃饭的时候，都是她买单，他却坐着无动于衷；比如前阵子，两个人出去旅游，他一坐下就忙着刷各种社交软件；又比如她的生日快到了，他却没什么准备和暗示。

总之，初尝爱情的甜蜜后，妮可陷入了一种深深的恐慌，觉得眼前的男人似乎完全换了一副模样，对她既不关心也不在乎。

妮可说："林熙，我只能一遍遍地安慰自己说，他还是爱我的，只是慢慢地暴露出了他性格原有的模样。但是患得患失的滋味真的太难受了，每次面对他，我总有无数的猜忌和疑问，却又不忍心去拆穿和破坏。"

到底怎样才能探知男人真正的心意呢？

大概全世界的女人都爱问这么一句话：他到底爱不爱我？

那么这篇文章我就写一下，男人不爱你的四种表现。

1. 不肯为你花钱

虽说谈钱伤感情，但只要谈到感情，我们不得不提到钱。

记得我曾看到过一句话，是说如果一个男人肯为你花钱，那么他不一定是喜欢你的，但是如果一个男人不肯为你花钱，那么他一定不喜欢你。

对于这样的观点我是认可的，当然每个人的经济条件有限，你不能说一个月薪5000元的男人不给你买gucci是不爱你的表现，但是如果连日常约会两三百块钱的开销都不愿意出的话，那么别以为他一毛不拔的样子只是出于节省，说不定他在别的女人面前大方得很。

2. 不主动找你，甚至不回你的信息

看过一部美国电影叫《He’s Just Not That Into You》，讲的是几乎每个女生都在问同样的问题：“他为什么不来找我，为什么不打电话给我？”

对于这样那样的疑问，很多人总是会安慰说：也许他正在忙，也许是出于自卑。

但是在这部电影的最后，告诉了女人们一个道理，那就是男人对自己想要的东西是永远不会说“忙”的。

特别是像现在这样通信发达的年代，如果一个男人真的爱你，他会用尽一切手段去寻找到你。所以，一个男人如果忙到连信息都开始不回你了，那么他一定是不爱你了。

3. 总是在挑你的毛病

两个人在一起会争吵、会摩擦是件很正常的事情，毕竟每个人都是独立的个体，有着自己的思想和灵魂。

但一个在日常生活里从不主动夸你、赞扬你，常常发生一点儿小事就诋毁你、爱挑你毛病的男人，一定是不爱你的。

因为男人一般都不太爱计较，也不会随意去说一个女人不好，所以女生在谈恋爱的时候要注意了，碰到这样的男人，不要以为你为他改变了，他就会喜欢你了。

要知道在爱你的人眼里，你的缺点也是优点，而在不爱你的人眼里，你的优点也会被放大成缺点。

4. 你完全体会不到被关注着的感觉

我有个朋友，相亲时认识个男的，对他的感觉挺好的，也想发展看看。但是每次跟他出去约会，她都感觉自己好像是一个人出去一样。

一开始我不能理解她，我问她："明明是两个人出去约会，怎么就成一个人了？"

后来她和我说："林熙，那是因为我每次跟他出去逛街，他的注意力可能会放在一双好看的球鞋上，也可能会被其他的吸引，但他的眼神从不会认真地落在我身上。有时我一晃神可能就找不到他了，甚至是叫他的名字，他都不会回头看我。"

是啊，一个真正爱你的男人，就算你用余光都能看到他注视你的样子，一个人可以伪装，但是眼神欺骗不了人。

都说女人是为感情而生，也可以为感情而死。也许你做了很多的傻事，可所谓的答案并不是你想要的，也许所谓的幸福，到头来只不过是一厢情愿。但人生或许就是这样，含泪奔跑，又华丽跌倒。

庆幸的是这个世界还很大，余生还很长，我们仍然可以穿梭在人山人海里，去寻找幸福真正的模样。

爱钱并不可怕，可怕的是因为金钱而迷失了自己

1

人有时不能选择自己的出身，却可以选择奋发向上，努力让自己过上想要的生活，但重要的一点是，千万不要攀比甚至迷失自我。

现在很大一部分女生哪怕天天吃泡面，也要用上名牌口红和莱珀妮。也有很大一部分男生哪怕为了潇洒走一回，也要花重金去租豪车。这样的人觉得能最大限度地把钱花在肉眼可见的地方上，才是生活品质的提升。

实际上呢，真正提高的只有败家的速度和信用卡账单罢了。爱钱并不可怕，可怕的是因为金钱而迷失了自己。

2

人人都有欲望，但应该是在一定范围之内，甚至有时候欲望是隐藏

在人们身体和内心深处的。

最近很火的一部剧《如果可以这样爱》中的米兰，原本是个追求平凡生活且积极努力的普通女孩，对物质的要求不高，和男朋友一起奋斗了几年，存够了买房的首付钱，却因男朋友的姐姐需要看病而花完了。

其实钱没了可以再挣，但米兰偏偏不甘心，去敲诈勒索广告商，并且把所作所为推卸给了男朋友，亲手把他送进了监狱。最后不仅男朋友没了，还被业内封杀了，她却没有一丝悔过。

当一切又回归到零的时候，她看见自己最好的闺密找到了非常有才并且有钱的老公，还轻而易举买了别墅，米兰便产生了嫉妒，想方设法拆散他们。为了得到男方的钱，她不惜一切代价去污蔑、伪造、伤害自己的闺密和她的老公，甚至是他们的生命。

故事的最后，米兰必然受到了法律的制裁。虽然命运有时候会不公平，但也不能为了钱而迷失自我。

3

有些人从小生活在物质不富裕的环境里，当接触到纸醉金迷的世界后，很容易禁不住金钱带来的诱惑。

《人民的名义》中的祁同伟，也是为了改变贫穷的命运，不择手段。因为没有钱、没有权，被迫和爱人分开去偏远的地区工作。他也曾为自己看不到希望的职业生涯努力过，在当缉毒警察的时候，冒着生命危险换来功勋，却还是没能改变现状。

最终，他还是为了钱和权，攀附上了领导的女儿，成功上了位。之后的他掉进了金钱的窟窿中，做出了无数不择手段的事，最后饮弹自尽、以死谢罪。

虽然他是电视剧中的人物，但是故事源于现实，这都是生活中一部分人的真实写照。每个人都想有很多钱，但是表现得太过分的，是一种不正常的心理。

4

我有个朋友的同事，家里并不富裕，但从某一天开始突然变得很有钱，每天带给同事进口的水果零食，接二连三地送同事香水口红。当时我的朋友觉得她可能找了个很有钱的男朋友吧，才会这么豪爽。

但纸是包不住火的，最近她被发现原来是钻了公司的财务漏洞，盗用了公司的几百万元。据说当公司老板到她家时，发现满柜子的爱马仕、香奈儿包包，讲真的，连老板都不舍得这么奢侈。

我想这几百万元够她之后在铁窗内生活几年了吧。

“在最美的年华用最好的东西”“贵的东西除了贵没有别的缺点”，我不得不承认这些话真的很动人，也充满了诱惑力，但是这些话都是有前提的，必须是在你负担得起的情况下。

在你享受这些之前，你至少应该做到衣食无忧，才叫真正享受生活。

买上千元的护肤品没有错，错的是靠挨饿省钱去拥有它；背上万元的包没有错，错的是靠花呗、信用卡才能填补你的欲望空洞；拥有几百万元的豪车也没有错，错的是年收入刚过十万元，却不眨眼就想买的你。

不要因为对一些外物的追求而迷失了自己，有可能会犯让你后悔一生的错误。人生很长但也很短，珍惜现在努力的自己。

你喜爱的，才是适合你的工作

1

在我的读者中，有一个女生马上就要大学毕业了，她私信问我毕业后该找怎样的工作才适合她。她说她学的是建筑类专业，毕业后可以从事房屋建筑等工作，可是父母觉得建筑类不太适合女孩子，总是要跟建筑工地打交道，工作环境比较差，忙起来也没有时间找对象谈恋爱，这份工作太辛苦，不支持她去做。

她爸妈更倾向于她放弃自己所学的专业，去稳定的事业单位上班，或者干脆去考个公务员，一辈子不愁工作。钱赚得多赚得少都是其次，主要还是图个稳定。

身边的亲戚长辈都纷纷给她介绍所谓稳定的工作，都劝说她放弃自己的专业。

她问我说："林熙，我究竟要不要听从家里人的意见，去找一份相对轻松的工作，安安稳稳地过一生？"

其实这位读者所遇到的问题，我相信是我们大多数人都曾经遇到过的问题。

前几年金融行业盛行的时候，有人会说做什么都不如做金融，教育没前途，赚不到大钱。等你金融毕业以后，又会有人跟你说，现在行业竞争大，给企业打工还不如给国家打工来得安稳，劝你去考个公务员。

你身边总是充斥着各种声音，告诉你应该听他们的，应该怎么去选择，却从没有一个声音问问你：你喜欢做什么样的工作？

2

很多人总是在不停地问自己究竟适合怎样的工作，却往往忽略了自己究竟喜欢做什么。

我有个哥们大学专业学的是艺术类，毕业后他想从事设计行业。父母认为他在外读书这么多年，还是找个离家近的工作更好些，另一方面觉得设计行业不靠谱，就托了关系，帮他安排了在家附近的银行让他做销售，这样说出去也好听些，至少是在银行工作，以后找对象也好找。

我那哥们是个孝子，乖乖听从了家人的安排，但是工作1年后他跟我说："林熙，我得了抑郁症。"

他说他现在每天早上醒来一想起要去上班就感觉心情跌到了谷底，浑身无力不能动弹，每天就好像行尸走肉般，每个月拿到薪水也不能让他快乐起来，他变得越来越害怕人群，害怕跟客户交流，也不敢跟父母说，怕父母担心。

他的辞职信在电脑里保存了半年之久，却没有勇气递交上去。

我问他："你既然不喜欢这份工作、这个环境，为什么迟迟不辞职？"

他说："我害怕辞职后家里人的数落，我也不知道辞职后我还能去做什么，我很迷茫。"

我问他："那你还热爱设计吗？它能让你变得开心，变得充满动力吗？"

他说："能。"

3

我们所有的热情、动力，往往都是来源于喜欢。

如果一份工作是我们不喜欢的，让我们失去动力，失去热情，那么是很难长久坚持下去的。

不要去在乎外界的声音，坚定地去选择一份你喜欢、看得到未来、愿意为之付出努力，并且能让你感觉到成就感的工作才是王道。

与其考虑什么样的工作适合自己，还不如考虑你作为一个独立的个体适合做什么，你的期待是什么。你有权决定自己用什么样的方式去生活，更有权决定自己想要成为什么样的人。

去选择自己的人生，找到属于自己的工作。

工作范围属于自己喜欢的方向，光有这点还不行，工作环境也需要是自己想要的，认为自己能跟同事合得来、有共同话题、对脾气，这些其实是很关键的，不然融入不到集体中，再喜欢的工作都会不开心。

你的喜欢要支撑起自己和家庭的生活，人的兴趣爱好会有很多，所有喜欢的事物都能变成你为之努力的方向，在2019年，哪怕只是打游戏、养宠物，都能变成你工作的方向，但你必须为之付出你的心血，喜欢是一份冲劲，持之以恒地坚持，才能确保你的收入。

对自己的最终目标有所帮助，比如当你想在某方面进行创业但不太懂的时候，你应该去找类似的工作来学习，这样带着目的去工作，也能为你的将来打下基础。

人生就像一条长河，找到自己喜欢的工作只是漫长岁月里的一件事，你不必为之迷茫和烦恼，静下心来多想想，找到方向就拼命努力。不管什么工作，一旦你选择了它，那么记住一定要认真对待它，用心去做。

你所喜欢和坚持的梦想，一定能撑得起你的现实。

情侣间三观不合的6种表现

不久前，倩倩坠入爱河。两人是在酒吧认识的，相谈甚欢，颇有些相见恨晚。

男人是酒吧驻唱，长得帅、会做饭、能说会道。跟他腻在一起时，倩倩只觉得全世界都绽开了粉色花朵。她把这段感情形容得如同偶像剧，是传说中飞鸟与游鱼的痴恋。

一切都很好，直到他们的社交圈有了交集。

倩倩跟男友参加过几次聚会，她皱眉对我形容："聚会场所是那种特别吵闹的夜店或KTV，他们喝酒说脏话，我插不上话，跟个傻子似的。"

次数一多，倩倩不耐烦起来，要求男友与"狐朋狗友"断绝来往，男友却表示还看不起她的朋友呢。

吵了十几次后，两人分道扬镳。所谓的痴恋，不过是在错误的时间与地点，跟另一个世界的人谈了一场不合时宜的恋爱。

一个人的圈子其实就是一面镜子，能明晰地反映出他的生活、思想、习性。

倩倩跟我说："林熙，我很爱他，但是我们真的不合适。"

有时相爱的两个人未必能走到一起，三观一致、合适的人才能走到最后。

情侣间的三观不一致，主要反映在以下几点：

1. 相处很累却说不出分手

我遇到过太多这样的情侣，争吵的时候下限被越拉越低，伤害对方的事情做了不少，伤害对方的话也说得数不胜数，但每次争吵完后又能像没事人一样继续恋爱。

好的时候好上天，吵架的时候诅咒对方去死，恋爱谈得很累，但是就是分不开，却看不到未来，这其实就是三观不合的表现。

2. 聊不到一起

许多情侣吃住都在一起，但鲜有共同话题，对事物的看法总是发生分歧，甚至会因为分歧而争吵。

你觉得他太肤浅，他觉得你太固执。

3. 他觉得没什么的事情总是会伤到你

有个读者跟我聊天，说男朋友总是嘲讽她矮、胖、丑，但是她生气了，男朋友又立马说他是开玩笑的，她怎么这么容易生气。

把自己的快乐建立在伤害对方的基础上也是三观不合的表现，他只考虑自己，从来没有考虑过你。

4. 总是抱怨你乱买东西、乱花钱

就像男生总是不懂女生为什么喜欢买衣服，女生也无法理解男生为什么痴迷数码产品，但是这些差异性并不代表价值观不同。

但是他无法理解你喜欢买衣服的心情，还数落你买一堆垃圾回来的时候，这就是你们俩价值观的差异。

5. 做事没默契，相处都靠一个人死撑

我有个女性朋友聊天时跟我诉说了她的感情状况，她说她现在跟男朋友的关系全靠她一个人死撑着。

刚谈恋爱时，男友还挺主动，但相处久了，变成了朋友一个人主动，她想着法地为彼此的生活增添乐趣。她说虽然彼此维系着外人眼里的幸福关系，但是这样的生活她其实一点儿都不开心。

6. 争吵从来不在一个点上

我说海很漂亮，你却说大海淹死过很多人。笑笑几天前跟男友吵架是因为一个苹果，笑笑想吃削了皮的苹果。以前，男友都会把苹果削好了给她吃，而现在，男友嫌麻烦说不削。

最后两人大吵了一架，男友觉得笑笑太作、无理取闹，而笑笑觉得没有安全感，两个人在争吵的时候互不相让，最后用冷战收场。

吵架吵半天，发现彼此争论的根本不在一个点上，这也是三观不合的一种表现。

“相爱容易因为五官，相处不易因为三观”，有多少爱情始于颜值顺眼，却结束于三观不合。

什么才是真正的三观不合？

你喜欢日落，他喜欢日出，这不叫三观不合；你说巴厘岛真美，金巴兰绝美的日落一定要去看一次，他却说不就去趟东南亚旅行，连时差都没有，这才是三观不合。

你喜欢陶笛，他喜欢钢琴，这不叫三观不合；你说陶笛的声音真美，既有埙的内涵又不似埙那般凄凉，他却说不就是个简易乐器，还能吹出命运交响曲不成，这才是三观不合。

你喜欢鸟语花香，他喜欢湖光月色，这不是三观不合；你跟他说养些花草鸟鱼真的能让人心情舒畅，让家里生机勃勃，他却说装什么装，你不是刚刚养死了一缸鱼，这才是三观不合。

三观一致，并不是要求你们的兴趣喜好、思维方式完全一样，而是彼此间能够求同存异，懂得包容、理解和欣赏。

否则，你跟他分享快乐，他觉得你在显摆；你跟他倾诉难过，他觉得你矫情。

所以两个在一起的人，必定要有相近的三观，不然再好的感情也是多余。

一辈子太长，要把爱情给那个真正懂你的人；一辈子太短，别委屈自己跟一个三观不合的人纠缠不休。

你没有必要让所有人都理解你

1

当你发现自己的追求不被旁人理解，甚至不被家人理解的时候，你是什么感受？

比如你为了提升技能买了付费课程，结果换来同事的质疑：“学了有用吗？领导能给你加工资吗？”

比如朋友不理解你为什么不选择养老的工作，而是去做熬夜拼命的工作。

又比如亲戚、家人逼着你跟见过两次面的人凑合结婚，觉得不结婚就是做了对不起他们的事。

身边有太多这样的声音了，一开始你会去解释、去争吵，会生气、难过。但慢慢地，你发现跟不理解你的人去解释一点儿意义都没有，反而是给自己添堵。

就好像每个人的成长，都会经历这样那样的“不被理解”。

最近上了热搜的“裸辞情侣”，就引起了很多争议。这对情侣在3

年时间里两次“裸辞”，自驾环游全国，跑遍了90%以上的地方。

他们的经历让不少网友羡慕，但更多的还是质疑：“旅游的钱哪儿来的，是不是啃老”“动不动就辞职，让用人单位怎么想”“年轻时还是应该努力赚钱，这种做法太任性”等。就连两人的家人也有些不理解，认为他们俩太浪费钱，称“当初看中的婚房已经涨了150万元”。即便这对情侣所有的开销都是自己的钱，但仍然会遭到这样那样的质疑。

其实我很喜欢两句话：“关你屁事”“关我屁事”。

每个人都有自己的人生观、价值观，工作也罢，旅行也罢，结婚也罢，都是漫长人生中的一部分。每一段经历都会有不一样的收获，不要让价值观不同的人来影响你的追求，你没有必要让所有人理解你。

毕竟，人生是我们自己的。

2

我有个同事，26岁从小城市跑来宁波工作。在这之前，他在亲戚的工厂上班，拿着每个月4000元的工资。父母替他买了婚房，觉得他只要安心接受他们给他安排的相亲就好。

父母和朋友都不理解他为什么跑去陌生的城市打工，说他放着安稳的生活不过，非要去受罪，甚至骂他脑子有病。

他说：“我不知道未来会怎么样，但我特别羡慕那些有追求目标，靠一股拼劲支撑的人。我也有追求，我不想还没30岁就已经过起了60岁的生活。”

在那段时间里，他确实也尝到了他们说的“受罪”的滋味，刚开始租的房子只能睡觉，工作也并非想象中那么容易，最可怕的是偌大的城市里，他连一个可以说话的朋友也没有。

那段日子，是他人生中最艰苦的日子，他无数次想过要放弃，想过回老家认命。但最终他还是留在了宁波，他说：“在这里，我看到了我想要奋斗的人生。尽管有时候加班很累，尽管生活很苦，住得差，吃得差，但是我喜欢奋斗的自己。不加班的工作和结婚生子都很好，只是不是我想要的。”

3

生活中有太多不被理解的事情发生，我们都应该学会自我消化。因为每个人的经历不同，追求也是不一样的。

有一个小男生每天风雨无阻地骑着电动车接送女朋友上下班，却被旁人说“为什么不买车，还要让女朋友受苦”。

旁人可能不会理解，男生和女生都来自农村，这辆电动车是他们一起来城市打拼的第一个月买的第一件贵重物品，是他们想要的幸福。

也有一个女生在职场拼命赚钱，却被亲戚说“赚那么多钱有什么用，这个岁数不嫁人迟早没人要”。

亲戚可能不会理解，女生小时候家里很穷，妈妈因为没钱治病去世了，所以她决定在确保下一代不受苦之前，不会结婚。

你看，大家对于你是什么样的人好像并不关心，没有几个人想去了解你真正的样子，他们只是按照自己的想法来判断。所以，我们好像没有让所有人都理解的必要。

被人理解是幸运的，但不被理解未必不幸。千万别把自身价值完全寄托于他人的理解和认同，这样你的价值往往会被忽视。

二十八九岁的你依然可以称之为小姑娘或小年轻，没有婚嫁也不是错误，买不起车和房更不是你的错。我们人生在世，为何要争得他人的理解？

总有些恶意是打着关心的旗号，在探听你背后的悲伤，其实你没有必要让所有人都理解你。

第三章
在彼此拥有的时候，倾尽所有

你是我平凡生活中的温柔梦想，原来与你有关的一切，就是美好。想和你一起把平凡的每一天都酿出味道，想在我们彼此拥有的时候，倾尽所有。

不要在微信里谈恋爱

1

有没有发现，最近有很多女生谈了一种叫“微信式”的恋爱?

那么什么叫“微信式”恋爱呢?

大概就是外面下雨了，男朋友会提醒你记得带伞，不要淋湿，而不是带着伞来接你；大概就是当你生病了，男朋友会提醒你记得吃药，照顾好自己，而不是带你去医院看病；大概就是在你沮丧失落的时候，男朋友会和你说“抱抱，别难过”，而不是来你身边陪伴你。他会在任何你需要的时候出现在微信里，但绝对不会真实地出现在你面前。

在你们的“微信式”恋爱里，喜欢你就是每天陪你聊天、打游戏，想你就是每天道早安和晚安，看似很甜蜜，可实际一点儿也不真实。

时间久了，你会发现真正爱你的人会付诸行动，想你的人也会付诸行动的，只有那些每天在微信里同你卿卿我我的人，才会纹丝不动。

我记得有次和朋友在酒吧，听到一位男生在炫耀自己很会哄女孩子，其实就是我所谓的“微信式”恋爱，套路无非就是：微信置顶、星标、秒回，朋友圈背景图，以及隔三岔五秀恩爱，主角永远是对方；总之就是每天灌给对方甜言蜜语，每天不间断发微信，让她感觉到空气都是甜的。

2

现在很多男孩子都很享受“微信式”恋爱，因为他们只需要拿起手机，敲打键盘发出消息，而屏幕对面的女孩子就会愿者上钩。

其实很多时候，他们在微信上和女孩子谈天说地、嘘寒问暖，嘴上每天挂着“很爱你”“很想你”，也都只是说说而已，就好比从来不浇花的人说自己爱花一样。

试想一下，如果没有社交软件，各种情侣纪念日的提醒APP，大概百分之八十的男生根本不记得女朋友的生理期又或者纪念日，都会被分手吧。

哪怕很多女生会在意男朋友有没有微信秒回，有没有发朋友圈秀恩爱，但她们真正在意的是男朋友是否爱她，而这些是和微信没有任何关系的。

她不需要你用微信转账来哄她开心，也不会在意收到的礼物是520块钱还是1314块钱买的，她想要的不过是你记得那些特别的日子，让她觉得其实你心里是有她的，而不仅仅是微信的一句祝福和宽慰。

所以我建议女孩子们，不要随便在“微信”里找男朋友，因为你要的不是那种说想你、实际却无动于衷的人。

3

“微信式”恋爱也许有甜蜜的时候，但始终隔着网络有距离，只有两个人在彼此身边，那才是真正的爱情。

有的人喜欢你，只会在微信上说千万遍，却从没出现过；只有真正爱你的人说喜欢你，是不管距离，不论天气的。

因为爱情从来都不是刻意制造的仪式感，也不是定时定点的问候，更不是微信里那些百转千回的套路，而是在你需要时，他一直都在的那种安全感。

你应该找的是：雨雪天可以开车接送你，搬家可以替你搬东西，你受欺负了可以替你出气的人。在所有人用美团外卖、淘宝快递享受便捷的时候，他还固执地给你做你喜欢吃的饭菜，给你送到楼下，在所有人都用微信聊天表白，而他还会不远万里去和你面对面地促膝长谈，在所有人享受暧昧，在微信上只撩不走心的时候，他会付出行动，能够给你安全感的人。

爱情是一种真真切切的东西，绝不是隔着屏幕，打开微信，说一句“我爱你”就足够了的。

别在“微信”里找男朋友，别享受网络的暧昧，一万个秒回，不如手牵着手走过一条条马路，从少年到白头。

找一个“会吵架”的男朋友有多重要

1

我曾经说过，女生谈恋爱，一定要找一个会服软的男朋友。毕竟你谈恋爱，是想让自己幸福，而不是为了和他吵架的。一个肯在争吵中服软的男生，他一定是爱你的。

但是这几天，我收到了一个读者的留言，她说：“林熙，我的烦恼可能和大多数人的不一样，因为我有一个‘没有脾气’的男朋友。”

我不是很能理解她的话，就问她：“怎么个没脾气法？”

她说：“每次和男朋友争吵，不管是什么事情，他都只会一脸平淡地说对不起。刚开始我以为他性格好，但是次数多了，就发现他这样做，只是为了省事而已。我们还是会因为同样的问题吵架，可每次都好像是我在唱独角戏，他看着我哭，看着我闹，面无表情，在他眼里，我就像是一个和他毫不相干的人。”

我说：“正常男人就算性格再好也是有血有肉的，会生气，会难过，也会为喜欢的女人而有情绪。如果这些统统都没有，很大一部分原因是他根本就不在乎你，所以连吵架都懒得跟你吵。”

在感情中，最怕的不是磨合，而是不在乎、不付出。

2

一说到情侣间的争吵，女生最讨厌的可能就属“冷暴力”了，毕竟激烈的争吵还能将彼此的情绪和问题给全盘托出，得到情绪上的释放和满足，但冷暴力就比较残酷了，因为你只能把委屈和情绪都一并憋进心里。

淡淡之前的男朋友也是一个从不与她吵架的男人，表面上温文儒雅、温润如玉，但实际上心机特别重，从不在她面前表露自己的情绪。

刚开始交往的时候，淡淡觉得他是个挺不错的男人，对她也特别温柔。直到两个人走过最甜蜜的热恋期，淡淡就变了，在感情上变得越来越强势，也越来越不讲理。

外人眼里，她是那个被男朋友宠上天的女朋友，但在淡淡看来，她这么做，只是为了能够得到男朋友的关注。

淡淡说：“林熙，你知道吗？每次我和他争吵，他都是一脸冷漠，他从不解释微信上的那些暧昧信息，也从不跟我谈关于两个人未来的事情。对于我给出的问题，他好像永远在回避，这让我很没有安全感。”

而后来发生的事情，更加证实了女人的第六感有多准。淡淡继续说，直到有个陌生女人找她摊牌后，她才知道自己的男朋友其实一直都脚踏两条船。

她一气之下就提出了分手，而男朋友却像早已料到一般，和她说祝她幸福。

段位高的渣男不会和你撕破脸皮，吵得你死我活，而是会假装绅士地道歉、祝福，把伤害你变成一件不那么可恨的事。

3

有时候，看一个男人爱不爱你，吵架见分晓。那些不愿意错过你、冷漠你，出了什么问题会主动找你沟通摊牌的人，一定是一个不错的男人。而那些不顾他人感受，只为证明自己是对的，或是那些对你不管不顾、置之不理的人，可能真的不适合你，也没那么爱你。

女生要明白一件事，就是成人的世界，不被爱就离开，千万别自导自演，最后赔了时间，又输了感情。

我见过那些为感情而执着的女生，明知道对方并不在意自己，却幻想着只要付出了，就一定能赢得对方的爱。

殊不知这样的做法只会让你既廉价了自己，又打扰了别人。

朋友梦梦说，找一个“会吵架”的男生真的很重要，因为情侣间难免会产生一些矛盾和争吵，但一个肯牺牲时间和精力来陪你吵架的男朋友，才是那个愿意聆听你，为你做出改变的人。

我想起之前在微博上看到一页四宫格漫画，图中一对夫妻在吵架，但是吵着吵着突然下起了雨，丈夫马上拿出了雨伞，和妻子接着争吵，却将那把伞撑到了妻子头上。

所以，很多事情不能只看表面，经常和你争吵的人，不一定是不爱你的人，而嘴里说着简单的“对不起”，行动上又无所作为的人，才是真的没那么爱你。

知道被深爱是什么感觉吗？连吵架都是在秀恩爱。

专情是一件很高级的事

1

有读者问我怎样的人才算是专情，是一生只爱一个人，还是在爱一个人的时候不爱别人。

要是前者，很多人可能已经不是一个专情的人了，因为至少到现在已经不止爱过一个人了。但如果是后者，那可能也不是一个专情的人，因为在感情的长河中，难免会对那个除爱人以外的人有过一丝心动。

所以没有严格意义的专情，专情是一种在感情中留有原则的决心，专情是一件很高级的事情，是懂照顾你，又肯为你放弃。

比起可以和一千个不同的人相爱，我认为可以和同一个人相爱一千次，才更浪漫。

2

看过太多明星离婚“劈腿”，在知道吴尊娶了初恋的时候，不禁感叹这是什么神仙眷侣。

后来我发现，原来专一这种品质也会遗传。

吴爸爸与吴妈妈和吴尊夫妻一样，也是在读书时候相识，他是大她三届的学长，她是吴爸爸一见钟情的女孩。

为了追到心中的女孩，没有恋爱经验的吴爸爸采取了最“笨”的办法——每天等她下课，然后推着单车陪她走路，两人很少说话也不敢牵手，就只是一起慢慢地压马路回家。两人第一次牵手，竟然是在订婚的时候。

然而命运弄人，在2002年，吴妈妈罹患癌症不幸去世。吴爸爸怎么也想不通，才刚开始的幸福为何就这么溜走了，虽然从未在孩子面前表现过悲伤，在背地里却只能借助镇定丸来平复心绪。

真正的死亡不是离开这个世界，而是这个世界不再有人记得你。

但在吴爸爸心中，吴妈妈从未离开，他不会也不可能忘了她，因为他一直爱着她，一直到他将来也不在这个世上。

我想这就是爱吧，遇上真爱本就是一件极其困难的事情，能遇上一个对你专情一生的人是多么难能可贵的事。

3

有一对百岁夫妇（他95岁，她90岁），他们刚刚庆祝了80周年结婚纪念日，他们的子女帮他们拍了一个视频，在网上很火。

视频中，老爷爷抓着老奶奶的手，一直不肯放开，他的眼睛没有移开过她的脸颊，尽管她的脸上布满了岁月的痕迹，也已经失去了语言能力。

但在他心里，老奶奶还是让他心动，依旧拥有最吸引他最迷人的风姿。

老奶奶口齿不清，只能不断地、含混地叫着“老伴，老伴”，但是她对老爷爷的情意溢满了眼眶。

视频的最后是他们互相的告白，老爷爷娴熟地亲了老奶奶的脸颊，时光仿佛回到了爱情刚开始的那个时候，青涩，炽热，为爱不顾一切。在他们中间，潺潺流动着80年爱的回忆。

80年那么长，又那么短。有多少人的人生能有80年，又有多少人能爱80年？

老来多健忘，唯不忘相爱。

最好的爱情大概就是这样，你陪我走过一无所有，我陪你走到岁月尽头。

4

当我们70岁、80岁、90岁的时候，如果我们回忆起爱情，那该是什么样子的呢，我们又相爱了几十年？

你满脸皱纹，我戴着假牙吻你的时候，你会不会想起半个世纪前我们第一次接吻的样子？

当我们走完了所谓的一辈子，会发现其实那也只是一眨眼的工夫，短到不够用来回忆彼此。

一生只专情于一个人，这是因为一生并不长，相爱的时间都不够，怎么可能有时间去爱其他人？只会将每一天都当成在一起的最后一天来对待，因为明天和意外你永远不知道哪一个会先到来。

确实一见钟情很容易，而想要专情一生很难。但如果把每一天都当成是在谈恋爱，每一天都爱上同一个人，从年轻到年老，是不是就觉得容易一些呢？

记住那些让你心动的瞬间，就像电影《初恋50次》里，就算失忆，我也记得自己爱上你的原因。

回过头去看看自己的恋爱史，是不是已经忘记了什么才是专情？当初相爱时的那些情话，那些暧昧，那些对视，都是爱情发生的样子啊。即便到老了，回想起来依旧是美好的。

一生只专情一个人，是一件很高级的事情。

一生只专情一个人，很难，因为难能可贵。

一生只专情一个人，就是认定这个人，牵着他的手，一直走到天荒地老。

S、A、B、C级男朋友分别是怎样的

1

抖音里有过一条很火的视频，将女朋友划分为S、A、B、C四个等级，并详细讲解了其区别。

有很多网友说女朋友可以分为S、A、B、C级，那么男生呢？

在现在感情快捷的年代，认识一天就能说喜欢，聊了三天微信就能说“我爱你”，追求了七天之后就想睡你。

运气好的在这一波操作中，找到了那个有趣又喜欢的人；运气不好的就遇到了渣男，被骗感情、骗钱。

恋爱中光靠喜欢支撑的爱情太无力，还需要看对方为你做了什么。

2

那么，现在就来教你怎样分辨男生在恋爱中的等级。

你想吃苹果的时候：

C级男朋友：把苹果洗干净，直接给你吃。

B级男朋友：把皮给你削干净了再给你。

A级男朋友：把苹果削皮，再切块，给你插上小牙签放到你的面前。

S级男朋友：不仅帮你把苹果削了，去皮切块，并把其他你喜欢吃的水果都洗干净，且去皮切成块，做成个水果拼盘给你吃。

当你看中一款口红的时候：

C级男朋友：先指责你有那么多口红，然后磨磨唧唧地把口红的钱一分不多地打给你，让你自己去买。

B级男朋友：二话不说把钱打给你让你去买。

A级男朋友：帮你找代购，顺便又挑了几款热门色号一并买了，精心包装好了送给你。

S级男朋友：你说你喜欢YSL小金条，然后他买了一套YSL小金条给你。

当你来“大姨妈”，肚子疼的时候：

C级男朋友：跟你说多喝热水，如果没在打游戏的话，会起来给你倒一杯水，在打游戏的话倒水免谈。

B级男朋友：放下手上的事情，马上给你倒杯水，温柔地跟你说“多喝热水”。

A级男朋友：给你去厨房煮桂圆红糖水，顺便给你叫了份小甜品。

S级男朋友：给你煮桂圆红糖水，再用酒精棉花给你塞耳朵，准备好暖水袋放在你的肚子上，安顿好你后立马百度“怎样预防女生痛经”，然后给你买一堆预防痛经的食材，对你展开食疗。

当你工作碰壁时：

C级男朋友：“碰壁了也没办法啊，你忍一忍，习惯就好了。”

B级男朋友：“宝宝，别不开心了，你不开心我也会不开心。”

A级男朋友：“如果不开心的话就换一份工作，我托人帮你找一份好点儿的，工资一定比现在高。走，现在带你去吃好吃的缓解情绪。”

S级男朋友：“不工作了行不行？我养你啊。”

当你感冒发烧的时候：

C级男朋友：“怎么又感冒了？你体质也太差了吧。”

B级男朋友：“又感冒了呀，我给你用外卖软件买点感冒药吃吧。”

A级男朋友：“我下楼去附近的药店帮你买药，顺便问问店员哪些药副作用小些，外卖里面的药品种太少我不放心，你在家乖乖待着等我。”

S级男朋友：“你以后能不能听听我的话，下雨天多穿点儿衣服？你今天就别动了，我先给你去熬点儿姜茶，然后你吃点儿中成药冲剂，看看能不能先压一压，压不住的话我们再吃西药。”

当你看中一款价值一万的包包：

C级男朋友：会告诉你太贵了，没必要买这个包包，然后挑了个其他品牌，款式类似，只要一两千块钱的包包给你。

B级男朋友：跟你说买包的钱他出一半。

A级男朋友：二话不说让你去买了，他报销。

S级男朋友：二话不说让你买，顺便问问你还看中了什么，一起买。

3

C级的男朋友对你的好属于最基本的，可能在他们眼里爱自己更胜爱你。

B级的男朋友会更理性地去对你好，爱你跟爱自己的天平很少会倾斜。

而A级的男朋友一定是百分百去爱你，以你为先，一切你想要的，他都会尽力去满足你。

S级的男朋友是神仙级别，把你当女儿来宠爱，而且他也有宠女儿的经济条件，跟这样的男生在一起你只会失去一样东西，那就是烦恼。

每个女生大概都希望能够遇到那个S级的男朋友，但是这样的男生实在是太少了。

但是千万要记住，如果你的男朋友连C级都不如的话，那我劝你换男朋友。

结婚前一定要问对方的四个问题

朋友默默和男朋友恋爱长跑7年，在快要安定下来的时候却选择了分手。

我一个读者在后台给我留言说：迫切想要和认识不到半年的相亲对象，携手度过余生。

或许你会惋惜地和我说："恋爱长跑多年，没走入婚姻殿堂，可能还是缘分不够。"又或者你会笃定地告诉我："相亲对象认识不久就走进婚姻殿堂，一定是败给现实。"

但是在我看来都不是，我觉得默默是在和男友长达七年的恋爱里还是没有把心里面的隔阂消除掉，比如家庭、三观，所以在婚姻面前选择了放弃；而我的读者在恋爱的半年里，想和对方携手度过余生，不过是因为她认为两个人做任何事都很合拍。

所以我建议所有的情侣在面对婚姻的时候，一定要问清楚对方以下四个问题：

1. “和我约会的时候，什么事是你最喜欢的？”

以前听人说，想知道两个人结婚以后能否保持恋爱时的甜蜜和相处方式，就看两个人刚在一起的时候，最喜欢一起做什么事。

结婚之前你一定要记得问对方，他和你在一起的时候最喜欢的事是什么，如果正好他的回答也是你觉得舒服的相处模式，那么恭喜你，这个人你算是找对了。

有的情侣在一起很多年，却从来都没有真正了解过对方，只知道味付出，盲目地把自己认为好的东西强加给对方，不管另一个人是不是真的满心欢喜去接受。

比如男生喜欢看球赛，女生因为想要陪伴他迎合他的喜好，逼迫着自己和他一起熬夜、一起呐喊，其实心里全是抱怨，最后总有一天，这些情绪积累到一定程度会爆发出来，成为两个人分道扬镳的理由。

两个人在一起相处，其实都是细节的积累。而最好的爱情，应该是在对方面前你可以无所顾忌地做自己，而你确定你的每一个样子都是他心头的朱砂痣。

2. “你觉得你是像爸爸还是像妈妈？”

家庭的因素其实才是一个人性格形成过程中最重要的信息获取点，通过了解一个人的行为、性格，就能大致看到他家庭的情况。

如果一个人总是易怒、自私、小气，那么他的家庭里肯定有一个人从他小时候就给他这样的性格暗示，没有人天生就满身缺点，而孩子的第一个老师就是他的家长。

有的人可能会因为爱情去接受另一个人所有的缺点，甚至也有人因为爱情选择隐瞒自己的缺点，抑制自己的脾气，把好的一面留给自己爱的那个人。

可是你一定要知道恋爱是两个人的事情，而结婚却牵扯到两个家庭。

选择一个人不仅仅是选择你们之间的爱情，也在很大程度上决定了你以后的生活。

3. “你是什么时候开始，打算和我共度余生的？”

结婚之前一定要记得问对方，他是什么时候开始决定要跟你共度余生的，如果他回答从跟你在一起的第一天开始就决定了，千万别信，因为轻易做决定的人往往也容易轻易放弃。

虽然说确实有第一眼就缘定一生的浪漫爱情故事，可是这样的奇迹毕竟少之又少，在这个社会上大多数的情况是权衡利弊。

从一开始的喜欢到两个人相爱，最后决定组建一个新的家庭，决定往后余生切断自己跟别人的所有可能，跟身边的这个人白头到老，真的需要太多的勇气了。

结婚不是荷尔蒙上头的三分钟热度，而是经过时间沉淀以后的深思熟虑。

4. “我们的关系中，还有哪些需要努力改善的地方？”

这个世界上从来没有一对完美的恋人，只有两个为了爱不断磨合的人。

没有任何一段关系是刚刚好的，亲人之间还偶尔会争吵，更别提与你朝夕相处的、曾经对你来说是一个陌生人的人了。

每一段关系之中都或多或少会出现一些小的摩擦、分歧，大多数的人会因为爱对方而选择包容，可是这种包容不是建立在没有原则的基础上的。

总有一天你会觉得以前怎么看怎么闪光的人浑身都是缺点，觉得以前不值一提的小毛病现在通通成了不能接受的大问题。

为了避免这种情况出现，最好的方式就是两个人及时沟通解决，不要让矛盾上升到不可控的地步。

有的时候我们都应该学会清醒并且理智，不要被爱情冲昏了头脑，学会和对方沟通，而不是单单凭一句爱就解决了。

有的情侣在结婚的前夕计划好了一切，最终却没有勇气迈出那一步，选择了放弃这段关系，而很多人说这样特别可惜。

其实在我看来恰恰相反，在结婚之前反悔，总好过结婚之后再后悔，那个时候很有可能已经很多事情都来不及了。

人生只有一次，不要因为除爱情之外任何的原因去选择一个人。

如果不是那个人，晚一点儿结婚也没有关系。

因为一辈子很短，一定要找一个能让你心甘情愿和他共度余生的人。

那些在朋友圈晒豪车的人，是怎么挣到这么多钱的

1

最近这几年跟朋友一起聚餐，我被问到最多的一个问题就是：“林熙，你说怎样才能赚到更多的钱？”

怎样赚钱大概是所有“80后”“90后”都会聚集在一起讨论的一个话题，也是当今所有年轻人最迷茫的一个问题。

有人认为每天朝九晚五工作，到了月底拿着四五千块钱的薪水，这就等于是在赚钱了。也有人认为每个月至少收入比支出多几倍，一个月能存下不少的钱，这才是真正赚钱了。还有另一种人，他们认为开上豪车、住上豪宅才是真的赚到钱。

每个人对于钱的理解不同，赚钱的方式也大相径庭。

有时候生活看似很不公平，当我们还在为钱奔波忙碌的时候，有些人已经实现了财务上的自由。

每每听到别人的故事的时候，你是不是也会在心中问一句：为什么不是我？

2

赚钱最关键的一点，就是需要逃离你现在的舒适圈。

我有个朋友叫小艺，“80后”女强人，她的车库里停7辆豪车，最贵的那辆是今年刚买的劳斯莱斯幻影。

有人说像她这样的女人要么有个特别有钱的亲爹扶持她，要么就有个特别有权的干爹帮助她。

有次我问小艺：“你是怎样赚到这么多钱的？”

她说：“林熙，很多人都以为我是富二代，其实我父母都是普通退休工人，唯一的收入来源就是政府的社保，那个时候的我觉得一个女人有个疼爱自己的男人，跟一个可以维系温饱的工作就足够了。”我很诧异，原来过去的小艺是个这样的人。

5年前她的丈夫因为投资失败欠了近千万的债，欠下的钱中有一部分是给她花的，这个金额对于当时一个月只有5000块钱工资的小艺来说无异于是一个晴天霹雳。

她把自己关在房间哭了好几天，之后打开房门的那一天，她去单位把工作辞了。

3

有人用体力赚钱，有人用脑力赚钱。

那个时候全民都争相开网店，微信好友人数也没有限定。她开始在淘宝开网店卖女装，最苦的时候一天需要换几十套衣服拍照，到了晚上皮肤会因为过敏而红肿。她开了一年的网店，赚了一点儿小钱，最后却因为经营不善没做下去。

后来有一次去泰国旅游的时候她看中了佛牌市场，白天卖佛牌，晚上在人口密集处摆地摊，把服装店的库存卖掉换现钱。

她的成功路上一直都不是一帆风顺的，一路都是坑坑洼洼的泥泞山路。

小艺说："我创业成功之前，有过无数次的失败经验，每失败一次我就换一样重新来过，每一次失败都是在给自己积累人脉，那个时候微信人数没有限定，经过几年的积累，我的微信人数突破了五万人。"

她开始做微商赚钱，做自己的品牌，她不卖违心的产品，所有产品都是她亲自把关。

如今她已经成功从微商转型，树立了自己的品牌，在每个国家的繁华地带都有她的品牌店。

4

任何成功都不是偶然，是必然。

想要过上开豪车、赚大钱的生活，首先就要突破目前安逸的环境，有些人想依靠工资收入去实现财务自由，基本是很难达成的。

有时候你得逼自己一把。

很多人总是一边向往着诗和远方，一边又满足于安逸与眼前的苟且。你25岁的时候跟自己说“我还年轻，还有时间等待机会”，到了30岁又跟自己说“我老了，只想过稳定的生活”，就这样日复一日地强行压抑了自己对金钱的渴望，直至消磨殆尽。

如果有100条通往成功的路，有99％的人都挤在打工赚钱这最难的一条路上，而只有1％的人在另外的99条路上狂奔。

那么那些在朋友圈晒豪车的人，就是在99条路上狂奔的人。

你必须全力以赴，才能赶上那些生在罗马的人

1

我以前读书的时候特别贪玩，不肯认真写作业，也不肯花时间去复习功课，往往一到放假，就喜欢拖着四五个好友一起打游戏、聊聊天、吹吹牛。

那时的我觉得青春就只有一次，自然不能白白浪费在枯燥乏味的学习和工作上。这种想法一直到我走出校门，正式踏入社会以后，才慢慢发生了变化。

我想起老师曾在课堂上说过，社会是残酷的，因为人人都想要有美好的生活，但对普通人而言，获得美好生活是没有捷径的。

虽然条条大路通罗马，但毕竟每个人的起跑线不同，你必须加倍努力，才能有机会赶上。

毕业之后，我慢慢体会到了老师嘴里所说的“残酷”，因为你会意外地发现，原本和你一起玩耍的同学突然买了辆豪车，家里也给他介绍了一份体面的工作；原本和你一起吹牛皮、畅谈未来的朋友，突然有一

天说要去海外留学，好继承家业。

而那时的你既没有工作经验，也没有一张能够拿得出手的大学文凭，想要在大城市里体面地活下去，真的是太艰难了。

2

我清楚地记得我第一次去外贸单位实习的样子，笨拙得连做一个表格、打印一份文件都需要小心翼翼地让同事来教，也记得我第一次领到几千块钱薪水的时候，不甘心地问自己，难道这辈子就只能赚到这点儿钱了吗。

那段时间的我一直都很丧气，整天沉溺于灯红酒绿，咒骂命运的不公，却忘了自己这一路走来，未曾争取、努力过半分。

直到有一次深夜，我喝完酒正准备回家睡觉的时候，收到了一位大学同学的微信，他说他刚加完班，压力大得睡不着觉，所以想找我聊会儿天。

我说："你不是家里都给安排好工作了，哪有什么压力。"

他发了一个苦笑的表情，说："虽然是家里介绍进去的，但里面的人个个都比我优秀，在这样的环境下，我只有更努力，才能保证自己不被淘汰。所以最近这一个月，我一到周末就在家学习，一上班就像在打仗一样，总想抓住更多的机会，给团队创造更多的利益。"

听完他的那些苦恼，我顿时对自己的无所作为感到羞耻。当你在深夜喝酒消遣的时候，别人却辛辛苦苦地加着班，跑着客户；当你还在一个劲地抱怨生活的时候，别人却在担心自己是否还不够努力；当你享受安逸或焦虑的时候，别人却在想方设法创造更多的价值和机会。真是不怕别人比你强，就怕生在罗马的人比你还努力！

3

虽然有时候人无法决定自己的出身，这个社会却给了了我们许许多多的机会。

我见过一些在职场上所向披靡的人，他们不是一出生就是聪明的、优秀的，而是靠着自己的努力，一步步脚踏实地地走来，才有了如今的成绩；我见过一些在海外留学的人，他们不是一出生就是含着金钥匙的，而是靠着自己在课堂上的努力，才一步步有了如今的学位和成就。

在这个快节奏的社会里，想要过上比别人好的生活，就无法真正地享受安逸。当你在挥霍青春的时候，别人在努力，在追赶；当你在怨天尤人的时候，别人在跟命运抗衡，在改写自己的人生。

所以啊，年轻人就不要浑浑噩噩地过日子了，勇敢地向前跑吧。

要知道成年人的世界是一场激烈的战争，只有通过命运的锤炼，才能更好地面对未来吧。

一个男人值不值得交往，就看这几点

现在的女生对待感情的态度，大多都是宁缺毋滥，宁可单着，也不愿意委屈自己将就别人，更不愿意让一个“差不多的人”来打乱自己的生活节奏。

很多女生都会说，在没有遇到自己觉得特别心动、特别值得付出的男生之前，宁愿一个人逍遥自在地活着。

可能是看多了感情上的分分合合吧，她们越来越知道真正的爱情该是什么模样了，不会再因为对方两三句的甜言蜜语就轻易感动了。

她们主动选择单身，不是因为真的不想谈恋爱了，而是变得越来越难以去信任一个人。

一段感情刚开始的时候，她们总是害怕自己会被骗，所以总是喜欢小心翼翼地去试探，一旦对方有什么举动，她们就容易胡思乱想太多。

如今的感情都太脆弱，也太速食了。我们越来越分不清对方说的话到底是真是假，也越来越难判断对方到底是不是你值得付出的那个人。

那么一个男人值不值得交往，到底要看哪几点呢？

1. 他不会“口嗨”，说到就会做到

相信很多女生刚开始和男生交往的时候，总能听到类似这样的话：“等哪天我有空了，带你去国外旅游吧”“等哪天你嫁给我了，给你买个5克拉的大钻戒吧”“等哪天过情人节了，给你买个手机吧”。

于是你动不动就被这样那样的承诺所感动，也为此交出了身体和感情，可是你有没有发现，他当初说过的那些话，并没有一样是兑现的？

那是为什么呢？因为聪明的男生会利用一个接一个的谎言为自己造声势，目的就是为了能零成本地让你死心塌地去爱他。

相信我，一个男人最重要的品质就是能说到做到。

这不光是做人的一种诚信，而是他爱你该有的模样。

2. 他的爱是无私的，而不是斤斤计较

我们经常能在网上看到这样类似“直男癌”的言论：“吃饭请客ok，但是给睡吗”“女生在要求男生有车有房之前，先看看自己是不是处”。

其实在现实生活中，明明没为对方花多少钱，但张口闭口就指责女生物质的男生不在少数。这类男生普遍都有一个特征，那就是特别爱计较自己的付出：几块钱的奶茶和打车费，他都要算得清清楚楚；今天请你吃一顿饭，第二天巴不得你能陪睡，最好还能承担房费。

对于这样的男生，除非你是一个奉献类型的女生，不然遇到了还是

躲远一点儿吧。

要知道一个男人的“大度”，决定了他爱你的程度。

3. 他对生活的态度是积极进取的

如果你问我成熟的男人该是什么样子的，那么我肯定会告诉你，“有上进心”才是一个男人成熟的表现。

闯过社会的人都知道生活的不易和艰辛，而唯有保持乐观积极的心态，才不会被各种各样的困难打倒。

所以，一个男人值不值得你托付终身，很大一部分要看他的能力和素质，如果他有一颗上进心，日后的生活才会红红火火；如果他终日消沉，那他就是家庭未来的负担。

4. 他是否有“制服”你的能力

很多情侣之所以最后会分手，都不是因为什么大事，而是一些不值得一提的小事。

女生很容易在谈恋爱的时候有一些小情绪，比如对方没能及时回复你的信息，或对方没能在你需要的时候陪伴你。

看似是一件件的小事，实则积累起来，很容易就爆发了。

其实女生真的很好哄，就看男的愿不愿意，有没有“制服”她的能力了。

一个合格的男朋友，是不会让自己的女朋友生隔夜气的。

5. 敢作敢当，有责任心

都说分手见人品，这话一点儿都没错。

当感情发生了矛盾，没有担当的男生会把过错一股脑儿地全推给对方，甚至还会想办法恶意诋毁对方，来维护自己的面子。这样的男的，真的谁遇见了谁倒霉。

其实在两个人交往的时候，我们就能看出，没有担当的人往往做错了事情从不承认，还善于把错都推给对方。

一个值得你爱的人可以不够完美，但至少要有担当。

有时候看到很多男生并不珍惜一心一意对他的女生，我总会既生气又心疼，生气男生的不懂珍惜，心疼女生的用心付出。

其实感情世界里，从来都没有好不好追、廉不廉价，只要是用心喜欢的，都是好的爱情。

希望每一个男生都能珍惜那个爱你的女生。

找个愿意为你断了所有后路的人究竟有多好

1

曾经刷抖音的时候，看到一句点赞率很高的话："在这个时代人人都装单身，不愿意公开自己在谈恋爱。因为诱惑太多，不愿意为了任何人而放弃被诱惑的机会，所以现在的人大多都揣着一身的自私，为自己留了十条后路。"

是啊，有时候人往往就是选择太多了，所以会吃着碗里的看着锅里的，等吃上了锅里的后，又看上了盘里的。

某天深夜，有位读者在微信中跟我聊天，她说："林熙，我为他断了自己的所有后路，而他的后路从来不会为了我断掉。当初追我的是他，说喜欢我的也是他，说离不开我的还是他，可是最后不回头地走了的是他，说再见的也是他，再见后马上有新欢的还是他，而我只能一个人扛过这些苦难。"

其实道理说起来大家都懂，也知道自己又一次遇人不淑了，但是付出的感情该由谁来负责呢?

那么下一次谈感情，一定要记得找个愿意为了你断了自己所有后路的人在一起。

2

朋友圈有你的人，心里才有你。

我时常会遇到很多心软、喜欢帮男朋友找借口的女生，她们可以好几天不跟男友联系，男友一说很忙，她们就乖乖下线了。

蓓蓓就是这样一个姑娘。她跟男友恋爱3个月，却可以好几天不联系。蓓蓓发消息给他，他时常会说自己在忙，一会儿回复，然后都是隔天才回复她消息。且蓓蓓男友的朋友圈也从来没有发过有关她的内容。

我时常会问她："你男朋友是干什么的，这么忙？"

蓓蓓还在替男友找借口，她说："他事业上升期，是比较忙。"

只是后来，蓓蓓偷偷翻看男友的微信时发现，还有一两个管她男朋友叫老公的女人，原来她只是众多备胎中的一员。

她事后回想："林熙，我其实早该想到他可能并不是只有我，因为他从来没在朋友圈秀过恩爱，也没有带我去见过他的朋友，我就像个隐形女友，一直在自我安慰，帮他找借口。"

傻姑娘，下一次谈感情，一定要记得找个愿意在朋友圈同你秀恩爱的人在一起。

3

我在网上看到一句话：现在的男生太着急了，看一眼照片，听一段语音，道两天晚安，就喜欢上了。不过喜欢了之后，发觉别人好像更好看，声音好像更甜，就又对上眼了。总是在女生堆中摸爬滚打，不愿放弃任何一根稻草，也不愿为谁断了任何一条后路。

在我眼里，这样廉价的感情根本算不上是喜欢。

女生在找对象的时候，一定要擦亮眼睛。真正爱你的人，他会给你安全感，会花时间跟金钱来对你好。

而那些只会用花言巧语来讨好你，却依然在社交平台上保持单身的男人，背后指不定“劈腿”了多少个女生。

也许有的人会问我：“林熙，如果我付出多了，他是不是就能看到了？”

傻姑娘，你何必要将自己的一生赌在一个飘忽不定的男人身上？你要做别人眼中的独一无二，而不是随便就可被替代的人。

一个愿意为你断了自己所有后路的人，才是你值得嫁的人。

4

什么是真正的喜欢？

如果一个男人真的喜欢你，在乎你，他会主动用一切力量去找你，去陪伴你，他会大方地把你公布在自己的好友圈。

这已经不是石器时代了，不像从前，喜欢一个人需要摆了酒席才能让大家看见，现在网络很发达，喜欢一个人可以随时随地公布。

真正喜欢你的人，即便经历困难、挫折，即便你消失在人海，大海捞针也会找到你。

真正的喜欢是为了你拒绝所有的诱惑，把你带进他的圈子，愿意为了你秀恩爱，断了他所有的后路。

如果哪天看到我在朋友圈公开了某个人，那这个人一定是世界上最好的，因为爱是断了所有的后路，只为换一个共度余生的你。

辛苦的人生，其实是种幸福

1

每一个朝气蓬勃的年轻人内心都有无数次想退休的瞬间，就像小宇，刚参加工作的时候，才做了一个月就想退休。

你可能觉得他任性，也可能觉得他家里有矿，所以不在乎那点儿钱，而事实却是，小宇认为要在一家公司里生存，实在是太难了。

首先，你的个性不能太张扬，要有团队意识；其次，加班还不能有所抱怨；最关键的一点是，付出了还未必能有所回报。

小宇是一名业务员，平时少不了去异地出差，维系老客户，和新的客户建立关系，给公司创造更多的利益。

但这样早出晚归的工作坚持了没多久以后，小宇就厌烦了。他和我说，在学校里，大家都过惯了自由的生活，可以通宵和室友玩游戏，也可以花一个下午的时间打篮球，而上班又苦又累，他还要逼自己面对不喜欢的事物。有时为了争取到一次微薄加薪的机会，还要学会与同事们钩心斗角，与上司们搞好关系。

2

有人说“90后”是最爱辞职的一代，因为吃不了苦，因为有太多的诗和远方，所以一言不合就选择离职。

“不想上班，只想过轻松自在的退休生活”，似乎成了当代年轻人内心的真实写照，对此，我特地找到了几个不工作的年轻人，来一起听听他们的说法。

宅在家里一年没工作的朋友A说：“不工作，刚开始确实挺爽的，每天几点醒来都没问题。但是时间久了，不知不觉就过上了日夜颠倒的生活，特别是在黄昏的时候醒来，突然就会有种巨大的空虚寂寞感，会觉得无所适从。”

朋友B说：“以前上班的时候，一到周末和节假日就开心得不得了，和同事在KTV不嗨到凌晨就不回家，但自从辞职在家以后，很少能体会到休息的快感了。虽然也经常跑出去旅游，但不知道为什么，还是会觉得很沮丧。”

朋友C说：“在上海工作了五年，觉得不开心就干脆辞职回到了老家，一心想过轻松自在的生活。但回老家休息了一两年以后，就发现自己后悔了，感觉整天无所事事的，快要与这个社会脱轨了。”

朋友D说：“不工作的好处就是能自由安排自己的时间，你可以去旅游，去逛街，去全国各地蹦迪，去做自己真正喜欢的事情，但自由的前提是你得有钱，不然还不如回去上班。”

听完他们的回答以后，你还会觉得年轻人退休是件很轻松、很了不得的事情吗？

3

我想，在这个世界上，其实并没有哪一种人生是轻松的，忙是累，但闲也是种苦。

虽然很多人经常抱怨自己的工作压力太大，要学习、要面对的事物太多，但在这个痛苦的过程中，你的生活充实了，你的眼界开阔了，抗压能力变强了，工作效率提高了，薪水也跟着涨了。

就像我的好朋友燕子，才二十几岁的年纪，就坐上了设计总监这个位置，虽然每天都有加不完的班，但银行卡上的余额也跟着在涨。

她说每次给家里人打钱，是她最自豪也最满足的时候，因为只要想着再过段时间就能陪家人一起去普吉岛旅游，再苦也是值得。

所以啊，在最该奋斗的年纪，别光想着辞职退休了，去做一份自己喜欢的职业，为自己想要的人生去奋斗吧。

虽然有时候工作很累，生活很苦，但这不就是人生吗？有苦涩，有煎熬，也有无数的惊喜和收获。

年轻人要打拼，更要吃苦。

拉黑你的人，一定爱你很深

1

时常会有读者问我：分手后还能做朋友吗？

其实我觉得分手后还能坦然做朋友真的很难，如果还爱着，又怎么舍得跟你做朋友，如果不爱了，那也不缺你这个朋友。

爱情有时候就是非黑即白的选择题，要么选择在一起，要么就是老死不相往来，想要选择中立真的很难。

记得以前阿哲跟我打趣说：“林熙，我的黑名单就是我的火葬场，送进去的都是我跟前任的回忆和想念。”

其实我特别能理解他，可能有些人分手之后确实能够做朋友，但是这毕竟占少数吧，更多的人都只是凡人，做不到如此豁达。

我可以和全世界的人做朋友，唯独你不可以，所以拉黑对方就成了对自己最后的保护。

2

生活中有多少对彼此相爱，最后却形同陌路的情侣，又有多少人的黑名单里躺着当初最爱的人。

有个读者找我聊天，跟我说了很多关于她跟她男朋友的故事。她说他曾经答应过她要陪她去马尔代夫晒日光浴，去西藏纳木错看星空，陪她去青海湖拍照，陪她去重庆吃最地道的火锅，还要攒很多很多的钱，陪她去冰岛看极光。

她说，曾经的他们对未来有无限憧憬，仿佛只要一伸手就能触及。

可往往故事的开头你笑得有多甜，结局就会让你哭得有多伤心。那个曾经说过要带她去各个地方的人最后还是娶了别的姑娘，最可笑的是他们的蜜月行去的就是马尔代夫。

她说："林熙，我以为自己可以很洒脱地给他点个赞，但是发现自己还是无能地把他删了，我终究还是输了。看到他朋友圈晒出的蜜月照里他看着她的眼神，我实在忍受不了，因为当初他也是这么看着我的。"

有时候删除或者拉黑一个人，不是因为不爱了，反而有可能是还爱着，我断了一切和你的联系方式，只是为了给自己保留最后一份体面。

3

有时候觉得一生很短，短到只够了解一个人，有时候又觉得一辈子很长，长到不断地相遇与分离。

在生活中我们都是成熟的大人，但在感情中我们难免会变成一个幼稚鬼。

维尼跟我说她曾经最不堪的时候将他拉黑、添加、拉黑、添加了好几次，一个晚上都在看着他的朋友圈发呆，不停地刷新他的朋友圈，再重新浏览一遍，就这样一直不停地反复着。

所有人都觉得她疯了，只有她知道自己只是在给爱情做最后的祭奠，最后她铆足了劲，把他彻底删除并拉黑了。

我想每个决定拉黑在乎之人的人必定经历过这样一个阶段，在断绝关系和不舍间来回拉扯自己，就好像心里长了根刺，无人能治，唯有自己咬咬牙把手伸进去，将那根刺拔出来，虽然过程很痛，却能解脱。

4

“我很爱你，非常非常爱你，可是我不想再喜欢你了，也不想再和你有任何联系了。”

因为还爱你，所以只能拉黑了你。

删除是彻底的放弃，是连你的头像都不愿看到，是连列表的位置都不愿意留给你，却没有人知道在删除你的背后，我做了几百次的挣扎。

我可以和全世界的人做朋友，唯独你不可以，我冒着此生与你再无交集的可能拉黑你，不是因为我不爱你了，而是我还放不下你。

你永远不知道我有多爱你，不打扰是我最后的温柔，也是我留给自己最后的尊重。

有时候那些大张旗鼓喊着要分手、要离开、要拉黑你的人往往只是在虚张声势，因为真正的离开永远都是悄无声息的。

所以当一个人决心放下你的时候，不需要再向任何人证明，拉黑了你，也就等于在心中宣告了你的“死亡”。

有多少黑名单中的人曾同你互道晚安，又有多少黑名单中的人曾与你朝夕相处，熟悉如亲人？

“虽然爱过你，或还爱着你，但是我已经决定要忘了你。”

往往拉黑你的人，大概是爱你最深的人吧。

你的人生不能毁在“差不多”上

1

不得不承认，当我们对生活失去信心的时候，总会下意识地安慰自己说，差不多就可以了。

就像高考时，你没能取得满意的分数，却安慰自己说，其实本科和专科也没什么区别；就像毕业了以后，你没能坚持理想，却欺骗自己说，其实安逸的工作也不比别人差太多；就像工作了以后被父母催着相亲，你没能守住本心，却说服自己说，其实结婚也就是两个人凑合过。

不知道从什么时候开始，“差不多”这三个字，越来越频繁地出现在我们的生活里，它就好像是一只披着天使皮的恶魔在你耳边窃窃私语地说，既然大家都过着相差无几的生活，那么就别再折腾自己了，谈一段差不多的恋爱吧，做一份差不多的工作，安分守己地过一辈子吧。

可是你知道吗？差不多的人生，其实真的差很多。

2

我有一个朋友，大家都叫他老A，之所以这样叫他，是因为只要是他热爱的事，就能做到极致。

念大学的时候，老A迷恋上了日剧，所以加入了日语社。有一次，社团要共同策划一场大型的cosplay（动漫真人秀）的纪念活动，需要两位会日语的主持人，而老A就这样有幸被选中了。

老A其实并不会什么日语，全靠他的那点爱好和坚持才在茫茫海选中脱颖而出，而这场活动，老A相当重视。

排练的时候，另一位主持人和他说："差不多过一遍吧。"老A却想做到完美，虽然台词早已熟烂于心，但他仍然想把日语的那部分演绎得更好。结果，所有的人排练完都走了，就只剩下老A一个人还在跟自己较劲。

毕业的时候，当我们忙着找一份"差不多"的工作实习，老A却推掉了父母给他介绍的工作，面试了一家当地有名的日资企业做销售，光是底薪就比同龄人高出很多。

四五年以后，当很多人早已结婚生子，拿着死工资，过着两点一线生活的时候，老A却一路升职，还被公司派遣到了日本，光是手底下的员工和助理就有数十个。

每次和老A聊天的时候，我都能感受到他对这份工作的热爱，和对美好生活的向往。

我欣赏老A对待生活的那份态度，力求完美，事事都不肯将就，一心只朝着自己的目标前进，最终过上了自己想要的生活。

3

相比较，现在的一些年轻人明明在差不多的城市，领着差不多的薪水，过着差不多的生活，却总抱怨说人生有多枯燥乏味。

其实，很多人不是毁在没有梦想，而是毁在了“差不多”这三个字上。上学的时候觉得功课随便应付一下就差不多了；工作的时候又觉得找份安逸点儿的工作随便做做得了，明明没怎么努力，却总是安慰自己说够了。

年轻人为什么要将就生活，对自己的未来毫无憧憬呢？你完全可以做得更好，拥有得更多，所以别再用“差不多”这个借口来让自己妥协了。

我知道，在这个快节奏的年代，我们想要做好的事情实在太多，有时难免会三心二意、消极怠慢，但请你相信我，只要你把一件事情做好做精致，善始善终，不虎头蛇尾，那么生活中就一定会有意想不到的惊喜等着你。

要知道，所有的“差不多”并不是你真正努力后的结果，只有全力以赴无所怠慢地去做、去争取，才有可能看到不同的景致。

你的专注，你的努力，你的付出，会让生活给你打开另一扇窗。

嫁给三观一致的人才幸福

1

小米和她的男朋友吵架了，吵架的原因让人有点哭笑不得。

小米有一次和闺密逛街的时候，买了一双特别心仪好看的皮鞋，就拍了张照给男朋友看，原本想着让男朋友夸她几句，但没想到的是男朋友非但没有夸，还嘲笑小米的穿衣风格很奇怪，建议她学学某某女士，打扮得高级一点儿。

被男朋友这么一说，本来心情愉悦的小米一下子就闷闷不乐了，她就向我抱怨起了这件事。

我说："穿衣只是一件小事而已，每个人的审美不同，自然不能与你同步了。"

但小米摇了摇头说："林熙，我跟他不光只是审美不同，就连日常吃的、用的和兴趣喜好统统都不一样。一开始我也觉得没什么，但相处久了，就越来越觉得没话题聊，每当我兴致勃勃想跟他聊些什么的时候，他的话就像是一盆冷水，把我全部的热情都给浇灭了。

“有时候，为了爱情我想过退让，变成他所喜欢的样子，我却不能忍受他不尊重我的爱好、生活，把我所热爱的一切都给否定。”

我说：“如果两个人在一起没有能产生共鸣的事，又不能理解对方的想法，那么相处起来会很累，因为永远都不在同一个频率上。好的爱情不一定要步调一致，但一定要三观一致。”

2

现代人谈恋爱，往往会更注重对方的颜值、经济条件，却往往忽略了最重要的一点，就是三观是否一致。

我有一个兄弟，之前有过一个长得特别美的女朋友，起初大家都很羡慕他，但直到分手，我才从他的嘴里得知，其实这段感情，他谈得特别累。

“她是个十足的玩咖，疯起来能和她的朋友连玩三天三夜不回家。在她眼里爱情可能并不是很重要，她说她并不渴望婚姻，并且享受现在这样的生活。而我玩归玩，但骨子里其实是一个非常传统的人，我想要的是一份稳定的关系。”

朋友后来又找了个女朋友，长得普普通通的，但对他特别体贴和温柔，在他事业陷入低迷的时候给了他很多的鼓励和陪伴。

最重要的是，他们两个都是很会过日子的人，喜欢在下午享受亲手制作的甜点，喜欢在逛集市时收集一套精致的茶具。

朋友说，自从和她在一起以后，才体会到了久处不累的爱情有多美好。

3

三观不一致的两个人结合在一起，更容易走向悲剧。

还记得前阵子，女明星沈丽君因得了癌症而留下遗书自杀，在这份万字遗书里，让我们看到了一个破碎的家庭。

她的丈夫长期出轨，婆婆不体谅，丧偶式的育儿……沈丽君用泪和血告诉我们什么叫三观不合：“一方简单随性，乐观；一方事多，复杂悲观。”这样的婚姻最终活生生逼死了她，让她的人生走到了尽头。

其实在我眼里，夫妻矛盾、婆媳问题都是很常见的问题，就好比你喜欢古典，他喜欢摇滚，这都不是问题，最怕的就是彼此的理念不同，交流起来就像对牛弹琴。

都说生活源于细节，虽然都是很小的事情，但在三观不合的人面前就成了心累和折磨。

4

三观不合的人不仅做不了情侣，就连当朋友都很难。就像我说大海很漂亮，你却说淹死过很多人。

我们在日常生活中也常常能碰到这类人，你和他聊天，不管怎么努力都聊不出火花；你和他一块旅游，不管怎么努力都玩得不愉快。

那种感觉就好像你永远都和他站在不同的位置，就算你主动伸出手去拥抱他，也未必能真正触碰到他。

想起曾有个读者问我，人为什么会活得那么孤独。

是因为越长大就越孤独，孤独是生命的常态吗？我想并不是这样的，是因为成年人的世界，少了一个能理解自己的人。

我们都渴望陪伴，而最好的陪伴就是能够交心，而能够交心的人，必定是在生活上跟你同一频道的人，也就是所谓的三观一致。

我看过很多不幸的婚姻，越发觉得爱情和婚姻的基础不是激情，而是合适。

余生很长，一定要和三观一致的人过一辈子。

男生值得嫁的7个小细节

我在抖音上看到过这样一个小视频：

女主马上要和男友结婚了，结果有次争吵男友把她气到不想嫁了，就决定带上行李去上海找朋友。

当时她开了三个多小时的车，在服务区休息时收到了男友妈妈的短信，问她：我儿子是不是陪着你一起去了？

她正纳闷的时候，车的后备厢突然打开了，看到男友正坐在里面可怜巴巴地看着她。原来，男友为了追她回来，在狭小的后备厢中待了3个多小时。

女生说："没人能明白我当时的心情，那种震惊，他眼神里的小心翼翼，让我第一次感觉到他是真的在意我。很多结婚的人都说婚后会有很多的争吵，让我做好心理准备，可没人明白，当后备厢打开的那一刻，我就告诉自己，我不能放弃这个不愿意放弃我的男人。"

我把这个视频分享给妍妍的时候，她说她看哭了。她曾看过女孩打开后备厢，发现里面装满了一岁到二十几岁的礼物的视频，却从没羡慕过，可看到女孩打开后发现是跟了一路的男友的视频时却羡慕得不行。

因为礼物可以花钱买到，而一个始终爱你、不愿放弃你的人却难找。如果余生有幸遇见一个从细节上宠你的男生，那就嫁了吧。

细节1：见到你就顺手接过你手上拎的东西

“我从不向往那些被动对你好的感情，比如你说了他才去做的那种。我更向往的是那种我什么都不用说，你就已经帮我做好了的感情。”这是妍妍跟我说的，她说女生渴望的都是主动为你去做的感情。

那种你把包递过去让他拎的一点儿都不暖，温暖的是他一看到你就下意识把你手上的东西都接过去的感情。

细节2：会跟你说“站在那儿别动，我去接你”

我见过很多男人仗着赚钱赚得多就对自己的女友呼来喝去的，女友出门从来不会接送，就算有事找女友也都是让她们自己过来，这样的男人普遍都比较自私。

其实对于女生来说，最好的感动不是你送给她多贵重的礼物，让她住多大的房子，而是一句“我去接你”，这样的陪伴来得更感人。

细节3：他会吃你吃剩下的东西

这个细节是落落告诉我的。落落说她是一个看到吃的都想来一口却总是吃不完的人，所以每次点餐她都犹豫要不要再多点些，但男友总会告诉她说："你点吧，吃不下的我来吃。"

落落说这个时候的男友仿佛浑身散发着光，一个愿意吃你吃剩下的东西的人一定很爱很爱你。

细节4：视频或是电话都等你先挂

爱你的男生是不舍得先挂你电话的，因为当一方挂了电话后，那短暂的忙音会让另一方感到寂寞，而爱你的人是不舍得让你寂寞的。

如果一个男生视频和打电话都是等你先挂的话，那他应该就是那个能够给你陪伴的人。

细节5：不说一句话就默默把事情做好了

谈恋爱可以跟小男孩谈，但是结婚的话我劝你一定要找个成熟的，小男孩说的永远比做的多，为你付出一点点就恨不得大张旗鼓让全世界都知道。

成熟的男人会默默为你付出，他不会整天在你耳边跟你强调为你做了多少事，而是会把事情都做好了等着你发现，如果你发现不了他也不在乎，因为他爱你所以不求回报，只要你开心就够了。

细节6：拒绝跟其他女生暧昧

值得嫁的男生最重要的一点就是要懂得拒绝别的女生的诱惑，为了女友守身如玉，守心如铁。

只有中央空调男才会左右逢源，一堆干姐姐干妹妹，你一说他，他还会义正词严地说自己和她们没什么。一个适合嫁的男生只能在女友面前热情似火，在别的女人面前冷冻如冰。

细节7：他最好的朋友会告诉你他整天都在念叨你

我见过两类男生，一种是有了女友后闭口不提，恋爱了快一年身边的朋友才发现他原来不是单身，遇到这样的男生我劝你快点分手吧，因为他根本不能给你想要的爱情。

还有一类男生是我很欣赏的，就是出门在外，女友不在身边的时候总是跟自己的兄弟念叨女友，吃到好吃的东西会跟兄弟说“下次带我女友一起吃”，看到好看的衣服会下意识说“我女朋友应该会喜欢”，跟兄弟聊天也总是说自己的女友有多好，他有多喜欢自己的女友。

这个不是做作，是真爱，因为真正爱一个人才会时刻惦记，与人交谈的时候也总会不经意就提起她。

如果你的男朋友满足了以上这几点的话，我劝你好好珍惜他，他一定是一个值得你嫁的好男人。

没有人需要为自己的个性而感到不安

1

你有社交恐惧症吗?

走在人群中，感觉所有人都在审视自己，不敢抬头挺胸，只能默默装低头族；和别人说话时不敢直视对方，害怕和别人打招呼；聚会时总是埋头认真吃，不想被别人注意到，也不想主动找话题；宁愿一直待在家里也不想出门，听到电话铃声甚至会觉得浑身犯怵。

如果我上面说的每一条你都中枪了，那我判断你八成是有社交恐惧症了。

有很多人都说，患有社交恐惧症的人大多都只是内向，和人交往的时候会觉得害羞、不好意思罢了。其实我今天想纠正这个说法，社交恐惧症不仅仅是觉得害羞，他们会害怕面对人群、讨厌面对人群，对自己以外的世界有着强烈的不安感和排斥感。

之前在网上看到这样一句话：社交恐惧症患者看他人的眼睛时，就像妖怪看到照妖镜。

我们辛苦伪装的那个自己，一旦出现在别人面前，一眼就被打回原形，不管是外形上的不好看，还是内心的懦弱敏感，我们会感觉这些有关自身的负面评价在路人眼里全部会被放大，继而产生焦灼感，恨不得自己有隐身技能。

而且不知道从什么时候起，我们被各种各样的社交软件裹挟着，面对面交流成为一件极其奢侈的事情，也导致越来越多的人社恐加重。

2

自从我做自媒体以来，收到过很多类似的问题：林熙，我有社交恐惧症，很想努力克服，可是试了很多方法都没用，我该怎么办啊？

和他们聊了之后，我发现，很多人在走出社恐这件事上都进入了一个误区，他们不了解自己的社恐是怎么产生的，只是简单觉得自己没办法跟别人交流相处，然后强逼着自己去社交，一番折腾以后筋疲力尽，觉得还是一个人的世界最好。这样不仅无法改善他们的社交恐惧症，反而会加重症状。

我个人觉得最好的办法是先去了解自己的社恐是因为什么，然后打心底去接纳自己社交时出现的症状、接纳自己的缺点，比如自卑，这样在下次社交时出现症状才不会觉得那么痛苦、难以忍受。

简单来说，就是学会发自内心接纳并认可那个不完美的自己，只能这样才能遇见完整的自己、最好的自己。

我知道要做到完全认可自己、接纳自己很难，但是每个人身上都有自己不愿意面对的一面，只有深入内心去触碰、去感受那个不完美的自己，才能真正变得有自信，从而不在乎别人对自己的看法，不怕别人投来的眼光。

人无完人，我们活得坦坦荡荡，有什么好怕的呢？

3

2017年的时候我认识了一个同样做自媒体的朋友，他大学毕业就没认真上过班，陌生的环境会让他浑身不自在，好不容易熟悉了的同事一旦辞职，他就感觉自己变成了一座孤岛。

他的朋友都是网上结交的，几乎都没见过面，做自媒体赚的钱让他足不出户，吃饭有外卖，社交有微信，娱乐有游戏，除了深夜的时候躺在床上，偶尔会觉得一个人很孤单，没什么不好。

但他的自媒体矩阵做得越来越大，藏在屏幕后的那个虚拟形象已经支撑不住他的个人品牌，他以前贯彻的“只要我能赚到钱就可以不social（社交）”的理念也被彻底推翻。

他开始做心理辅导，心理医生问他：“你在怕什么？”

他说：“我很宅，不喜欢和陌生人交流，甚至见了大家会浑身打战，和网上塑造的能言善辩的形象一点儿都不一样，很怕他们对我失望。”

当他和心理医生说完他潜意识里怕的东西之后，整个人瞬间就放松了。以前推掉的采访、新书签售会、品牌分享会，他一一都接了。

在这些活动上，他十分真诚地跟大家分享内心那个不完美甚至有点儿懦弱的自己，坦诚自己和大家心里的男神形象不一样，私下就是个“死宅”。

他本来以为会掉一大批“粉”，结果却得到了大家的鼓励。我到现在还记得他说，接纳那个不怎么敢直视别人的自己要比隐藏起来的感觉爽太多了，原来人群也不是那么可怕啊。

4

如果想要真正治愈“社交恐惧症”，你要做的不是逼着自己去社交，而是从心底接受那个不完美的自己，这样才会让自己变得更完整、更自信。

当你把这件事情做好，你就会发现自己有更大的胆量去迎接别人的眼光，去克服内心产生的恐惧，终于可以和别人打招呼；可以释放自己的善意、拥抱别人赠予的美好；可以是一个独立的个体，但终于有了可以相互依赖的人。

那时候，人群不再可怕，你也不再惧怕路人的眼光，你终于成了自在的你。

著名的瑞士心理学家卡尔·荣格说过：“与其做一个好人，我宁愿做一个完整的人。”

所以呀，在努力做一个“讨人喜欢”的人的同时，也去看看隐藏在内心那个不完美的自己吧，用手摸摸他的头，告诉他，即便他有很多缺点，即便他不那么招人喜欢，可他仍是组成“完整的我”最重要的一部分。

“我愿意接纳内心那个不完整的你，愿意认可你，愿意爱你。”

余生是你，晚点儿也没关系

1

朋友强烈推荐了一首歌给我，叫作《往后余生》。

说实话，白天刚听完这首歌的我，并不觉得它有多惊艳多好听，在各种流行乐成堆的年代里，反倒显得有点中规中矩，平平淡淡的。

但当你偶然间又听到这首歌的时候，你会发现淡淡的民谣风，再配上这些歌词以后，就被渲染得特别动人。

“往后余生，风雪是你，平淡是你，清贫也是你；荣华是你，心底温柔是你，目光所致也是你……”

相信我们每个人都曾真正爱过一个人，这个人可能现在还在你的身边，也可能早就已经离开了。

但不管如何，在你的心里，似乎永远都装着这么一个人，他（她）可能不是最好的那一个，却是最特别的那一个，足以让你铭记很久很久。

可能成长的代价就是要学会面对遗憾吧，年少时的冲动和莽撞，幼稚和天真，注定要与爱的人一次次擦肩而过。

对不起，没能在合适的时间遇到你，往后余生也不再有你。

2

有人说，人生只有两次幸运就好了，一次遇见你，一次走到底。没有那么多分分合合，也没有那么多的错过和遗憾，只要认定是你，就能一直牵手到老。

可在现实生活里，太多的感情都还没来得及好好说再见，就已经结束了。

老王说，他爱了三年的女人，如今孩子都差不多可以打酱油了。

而老王至今都还是单身一人，他说他可能这辈子都忘不掉她了，我们都劝过老王对一个人别太执着，但老王摇摇头说他不是执着，而是要遇到一个走心还走肾的对象，实在是太难了。

其实我们都知道，当年和老王在一起的那个女孩，为他付出了很多，她会在深夜里因为老王一通电话而出来陪他，甚至会因为老王投资失败而借钱给他，始终都不离不弃。所以当他们默认分手的时候，我们都不敢相信。

直到老王有次喝醉酒聊起的时候，我才知道，原来不是因为不爱了才分开，而是给不了对方想要的未来。

那年她刚好26岁，家里都急着给她找对象。而老王当时只是一个待业青年，再加上投资失败，根本就不适合结婚。

可能人生中最大的遗憾，就是在最无能为力的年纪，遇到了想要照顾一生的人。如果可以，多希望当初相遇的时间能够再晚一点儿，让我晚点遇见你，余生都是你。

3

我曾说过，人生的出场顺序很重要，有的人只是你这一生所遇茫茫人海里的过客，而有的人最终会停下来，陪你过一辈子。

笑笑以前一直不相信缘分，她觉得爱情是很现实又很奢侈的东西。

她时常会歪着脑袋问我："林熙，真的会有那么一个人站在前面等你吗？我妈总教训我，说我年纪那么大了，也该适当放低自己的要求，差不多就可以了。"

我说："你要相信，未来总会有合适的人出现。"

后来笑笑有一次相亲，真的碰到了自己心仪的对象，能彻夜聊天，也能两三天都黏在一起不腻。缘分有时真的特别神奇，当初犹豫着要不要将就一辈子的人，如今真的找到了自己想要的另一半。

笑笑说，他会在她耳边说尽情话，但每一次说了都会做到；他会抽空陪伴她，给她想要的安全感和归属感；他会留心她说过的每一句话，时不时给她制造惊喜。

4

“30岁遇到你，一点儿都不晚。”

很多读者都会在后台给我留言，说自己找不到爱情了，怕会孤孤单单地过一辈子。她们大多都还年轻，可能是经历过几段不怎么好的恋爱，就急着说再也不会恋爱了。

我想说，其实我们大可不必那么悲观，虽然每个人的人生或多或少都有过一些遗憾跟错过，但你要相信，对的人迟早会来的，只是你要等。

其实幸福来得晚一点儿，真的一点儿也没关系，等到你蜕变为一个足够好的人，就会等到未来的那个他，可以给得起你想要的幸福。

还记得《前任3》里的孟云、《大话西游》里的至尊宝吗？他们都遇到过这辈子最爱的人，可惜的是年少轻狂，往往抓不住爱情，也不懂该怎样去爱一个人，最终只能遗憾终生。

所以，还是晚一点儿再爱吧，只要往后余生全都是你。

第四章 日月星辰，山川湖海，都不及你

世界那么大，还好我们彼此相遇。想陪你到老，看岁月悄然爬上你的眼角，看时光把你雕琢得更有味道。遇见你之后才知道，日月星辰，山川湖海，都不及你。

男人想和你过一辈子的5个神准表现

最近，生活中活跃着一群骗婚男。

格格跟我说，她就碰到过这样的男生，在追你的时候字里行间都会透露出自己想结婚，并表示你是个适合结婚的人，会对你展开各种“求婚”攻势，说对你是一见钟情，并想跟你长相厮守。

他们的颜值基本属于中等水平，条件也算还行，所以恨嫁女一旦遇到这样的男生就很容易动了心，以为遇到了真爱，毕竟传统意义上的渣男从不跟你谈结婚。

格格也上过这类男生的当，追她的时候他像是个24小时在线客服，每天为她鞍前马后、随叫随到。他一喝酒就会当着朋友们的面单膝下跪跟格格求婚，不答应不起来的那种。这样软磨硬泡的攻势最终磨化了格格的心，但是在交往之后，他就马上态度360度大转变。

这类男生就是以结婚名义行骗的人渣。

所以，女生一定要擦亮眼，分辨那个说要跟你过一辈子的男人到底是想睡你，还是真的爱你。

1. 他永远不会冷落你超过三天

有个朋友刚跟男朋友交往一礼拜，男友对她很好，每天各种吃的伺候，节日也给她发红包。

但是有一天他们因为一件小事争吵了起来，这一吵两个人好几天都没有联系，就这样心照不宣地分手了，连再见都没有说。

一个想跟你过一辈子的人，绝不会在争吵后跟你冷战太久，因为他怕冷着冷着你就走了，也绝不会超过好几天不跟你联系，因为真爱是分分钟都想知道你在干吗。

2. 吵架的时候不肯让你离开

梅子跟她的现任每次吵架，只要梅子一收拾东西离家出走，男友嘴巴说着“你走了就别回来了”，身体却会堵着门口就是不让她走。

梅子回回都被他的举动逗到突然笑场。

一个想跟你过一辈子的人争吵时一定不舍得让你离开，因为他害怕你走了就不回来了，会考虑你遇到危险怎么办，你走了，家里只剩下他一个人了。

爱是即使你转身离开，我也会在十米开外偷偷跟着你，不舍得让你消失在视线里。

3. 他会把你当孩子般宠爱

无论你们在一起多久，他都会把你当孩子般宠爱。

看到你喜欢的牌子出新款，他会买来送你；看到别的女生收礼物了，他也会给你送一份礼物；看到你多看了某样东西几眼，他一定会默默帮你买来，给你惊喜。

有了他以后，你感觉不仅是找了个男朋友，更多了个爸爸。

跟他在一起的时候，你几乎什么都不用想，也什么都不用拎，他能找到你感兴趣的餐厅，带你去吃饭，你手上的东西他会一一帮你提着。

他时常会跟你说："如果没有我，你该怎么生活下去啊。"

而你听到这句话的时候也会问自己：如果没有他，我该怎么生活下去?

这就是一段能够走一辈子的感情。

4. 他的微信置顶是你

跟你在一起的第一个月，他就会把你设为星标好友，并置顶你的微信。

他会把通讯录里，给你的备注改成"老婆"，每次你打他电话的时候，来电都会显示"老婆"两个字，就等于在下意识对外宣称他不是单身。

不管你们有没有住在一起，他都会每天跟你发信息联系，问问你在干吗，饭吃了没。

一个想跟你过余生的男人手机里都是你。

5. 他的眼里都是你，连余光也是你

倩倩说，她跟男友去外面玩的时候，只要她离开男友视线范围超过3分钟以上，男友就会立马发信息问她在哪儿。

如果她这个时候凑巧没有回消息，那男友会轮番问身边所有在场的朋友有没有看到她，知不知道她去哪儿了。

有人说这个是控制欲，我觉得这个是下意识的惦记，害怕你消失太久出什么事情。

一个想跟你过一辈子的人，目光所及是你，余光也统统是你。

想跟你过一辈子的男人一定经得起生活的琐碎，愿意为你打磨自己的个性，经得住生活的考验，遇到任何困难都不曾想过要放弃你。

我看到过这样一句话：如果一个男人能做到手机置顶是你，星标是你，朋友圈有你，手机相册是你，能包容你的小脾气，在乎你的点点滴滴，能做到为你主动拒绝暧昧，删掉无交集女人的微信，让你有安全感，能在朋友圈秀恩爱，愿意把你带入他的圈子，告诉大家你是他的老婆，是他要爱护一生、珍惜一生的人的时候，这个时候你叫他一声老公，他才是当之无愧。

女生要仔细去感受，一个男人想不想和你过一辈子都在细节里了。

你追我的样子真廉价

1

曾经有人在公众号里给我留言，问：“林熙，怎样才能看出一个男生到底喜不喜欢你？”

我说：“答案很简单，就看他会不会来撩你，会不会来追你啊。”

她说：“他在微信上撩过我，也有约我出去吃饭，可是这几天他对我的态度明显大不如从前了。”

我说：“那他追你的时候，你的态度很冷淡吗？”

她说：“不啊，我并不是一个很被动的人，他给我发信息，我一般都会秒回；他约我出去吃饭，我也从来没有拒绝过。他虽然口口声声说很喜欢我，但5月20日的时候却没有任何表示。

“他常常说等周末要带我去哪里走走，但每次只要一到周末，基本上就找不到他。特别是最近，都是我主动去找他，他很少主动来找我。所以我想问问，林熙，究竟是我太被动了，还是他压根就没有那么喜欢我？”

我说："一个男人在追你的时候，应该是他最用心的时候，如果他真的喜欢你，主动是最起码的，如果他都不肯付出时间、付出金钱，那么他嘴里的喜欢能有多少分量。"

如果一个男生对你暧昧，却不主动，其实就是没那么喜欢你罢了。

2

记得我写过一篇文章，说现在的女生之所以还单身，不是因为她们太挑剔，而是身边的"伪追求者"实在太多了。

和你在微信上聊两句就叫作陪，请你喝一杯20块钱的奶茶就叫作约会，晚上给你打几分钟电话就算关心。

而这样的"喜欢"，通常维持不了一星期就消失了。

小曼之前相亲的时候也曾碰到过这样一个男生，第一次见面的时候，彼此印象都还挺不错的，小曼也想着再与这个男生多接触看看。

可没过几天，男生和她聊天的时候就变了一副模样，时不时就开黄腔，还抱怨小曼难追、太古板、放不开。

小曼就问我："林熙，现在的男孩子都是这么追女孩子的吗？我和他前前后后才认识一个星期都不到，两个人吃饭也是AA制，而且平时他也不怎么关心我，也就睡前微信里发个'晚安'，这就叫追了？虽说现在是男女平等的时代，吃饭我能接受AA，但是在还不熟的情况下开黄腔是几个意思？我都不知道他到底是真的喜欢我，还是只想睡我。"

其实我太能理解有些女生的想法了，有时想要好好谈一场恋爱，想要被珍惜，对方却只是想玩玩罢了。

3

为什么现在的男生都不会追女生了？

一方面是因为现代社会压力太大，特别对于男生而言，经济上和生活上的压力，各个方面的事情都在消耗着男生的精力。而另一方面是因为一部分男生觉得，追女生是件吃力不讨好的事情。所以越来越多的男生都不太乐意花时间花精力去追女生了。

快节奏地撩，快节奏地抽离，成了当代年轻人恋爱的一大特点。

朋友乐乐曾一度对谈恋爱这件事产生焦虑，因为她的性格比较慢热，在一段感情里分不清到底是喜欢还是不喜欢，通常等她反应过来的时候，就发现对方已经对她由热转冷，甚至已经早早地换了下一个目标。

乐乐说："林熙，有时候我怀疑自己是不是根本就不适合谈恋爱，可能我是个很较真的人吧，不喜欢一段感情不清不楚地就开始了。"

虽然作为一名男生，我很了解男生的想法，但对于追女生这件事，我觉得如果男生真的喜欢这个女生，多花点儿时间和精力去了解对方，既是对自己负责，也是对这段感情负责。

在我眼里，追女生这件事其实就像在吃糖。你对她好一点儿，她就对你好一点儿；你对她认真一点儿，她就给你糖吃。

4

记得大学班花当年结婚的时候和我说："林熙，你知道为什么我最后会选择嫁给他吗？因为他当初追我的时候，对我真的很体贴。他看我加班很累，所以一直坚持开车来接我，给我送点心吃。"

你看，女生很容易就被一些细节所打动，所以这么多年过去了，她还是一直都记得男生对她的好。

而我的身边也有很多这样优秀的单身女孩，她们之所以还单身，只是因为迟迟没等到那个真正喜欢并追求她们的人。

可能有人会说："或许有些男生天生就不懂怎么追女生。"

说实话，我每次看到这样的话都想笑。谁都知道追女生无非就是陪她，关心她，哄她，给她买东西。

如果你不想付出时间，也不想付出钱，甚至连她日常的生活你都不愿意了解的话，那么你还有什么资格说喜欢她呢？

这个世界上没有什么一蹴而就的感情，两个人在一起靠的就是一点一滴的付出和积累。

最后，我想说现在的女孩们都不好骗了，男生们还是正儿八经地去追吧。

别去爱一个不回你信息的人

1

很多熟悉我的朋友经常夸我脾气好，待人温和，但是你们猜，我这辈子最痛恨的一件事是什么?

我可以毫不犹豫地告诉你，我这辈子最受不了的就是被忽视和被冷落的感觉。因为我是一个特别没有安全感的人，我不喜欢自己发出去的信息不被人重视，不管任何事情，我都渴望能得到他人的回应。

为此，我曾因为一个朋友迟迟不回我信息，事后又没给出半点儿解释而恼火。我生气的原因不是因为对方没能满足我当下的需求，而是他明知道我此刻有多着急，却依然摆出一副视若无睹的态度。

这分明是大张旗鼓地告诉我，他收到了我的信息，但就是不乐意回。因为我根本不是他所在意的人，可能连一个陌生人都不如。

每当我碰到这样的人，我就会问自己和这个人交往有什么意义。

2

其实在感情上也是如此，经常有读者会问我，说：“男朋友为什么不回信息？是不是男人在忙的时候，就是不爱发信息？”

对此，我一般会回复说：“当他几分钟或半小时不回你信息的时候，他可能真的在忙。但当他一整天，甚至是几天不回你信息的时候，他可能真的是‘死了’。”

借用网上的一个段子：男朋友不回你信息，可能仅仅是因为要去拿电话的时候不小心滑倒了，然后脑袋撞在桌角上流血太多，导致头晕目眩，站起来的时候一不留神倒在一边，打翻了花瓶，被碎裂一地的玻璃碴划破了脸，戳瞎了眼睛，割破了嘴角，且导致下巴粉碎性骨折。你为他找的种种可笑的借口，都是他不爱你的证据罢了。

我们都知道，两个人刚开始建立一段感情的时候，靠的是热情，是联系，是我请你吃一顿饭，给你发一条短信，你能回请我一场电影，秒回我一个表情的默契和惺惺相惜。

一段好的感情也是如此，不管经历多长时间，也不能少了最基本的沟通和理解。

3

妮可之前有个男朋友，在同妮可交往的过程中特别爱玩“消失”，平时不回微信是家常便饭。妮可每每和他争吵的时候，他从不乐意沟通，索性直接屏蔽了她的电话和微信。

都说女孩子是敏感的动物，妮可也是，每当她的男朋友摆出一副冷漠、逃避问题的姿态时，她往往表现得异常焦虑。

妮可说："有时明明是一件小事，就因为他对我不理不睬的，于是我崩溃了。"

你开始变得越来越不够自信，对感情胡乱猜忌，甚至是一度陷入恐慌，你每天都像在经历一次失去和分手。

4

感情上的"冷暴力"真的会让一个人变得很糟糕，就像妮可告诉我说，直到现在，她都很害怕别人不秒回她信息，经常一个人胡思乱想，留下了严重的心理创伤。

对于那些擅长用"冷暴力"来逼退你的人，你就算再爱，也趁早离开吧。

我相信没有一个人，会忙到连给你回一条微信的时间都没有，也没有一个人会情商低到连安慰你、哄你的话都憋不出来一句。

他当然知道你有多难过，多焦虑，只是他不爱你，所以才不愿意站在你的角度考虑。

很多女生一看到那种木讷的男生就大骂他们是直男，不懂女人的那点小心思。其实我大可告诉你，这世界上没有一个直男会对自己喜欢的女人那么无动于衷。

所以，当一个人不回你信息，也不主动搭理你的时候，就别再傻乎乎地跑去打扰他了。别为了不值得的人，消耗你的热情。

5

那么真正爱你的人，是什么样的呢？

是你哪怕在他面前耍小性了，故意不理他，他都肯放下架了，气急败坏地来找你；是你哪怕生气时口无遮拦，摔门而去，他都肯紧追不舍，想方设法去哄你。

爱你的人哪舍得冷落你，他恨不得天天和你在一起，一有空就黏着你，哪怕在他洗澡的时候，还能擦干了手秒回你的信息。

我想真正的爱就应该是这样的，而不是只有你一个人放下尊严，去取悦另一个人。

好的感情是相互的、对等的，至少是该受到尊重的，所以姑娘啊，爱人之前还是先爱自己吧。

真心很贵，别去爱一个不回你信息的人。

为什么孤独才是一个人最好的增值期

1

你有孤独的时候吗？如果有，你是怎么度过的？是急着找朋友陪你，还是沉浸在自己的世界里自娱自乐？

朋友小果和我说，她寂寞的时候，就特别想谈恋爱，所以身边一有人接近，就迫不及待地想要去拥抱。

小果以为，只要两个人在一起就能抚平她内心的孤独感，但让她感到困惑和迷茫的是，恋爱并没有她想象中的那般美好。

比如争吵的时候，你渴望被理解，被温柔对待，但遇到频率不相同的人，你连倾诉和解释的欲望都没有；比如孤单的时候，你渴望被陪伴，被巨大的安全感环绕，但遇到一个工作忙碌的人，你连与他一起吃饭、看电影的时间都很少。

你还是常常会感到孤独和无助，甚至在刷朋友圈时，羡慕别人的爱情和生活。

我说："有时候，爱情、婚姻，以及友情，都无法从本质上解决孤独，真正能给你安全感的或许就只有你自己。如果不想让生命显得如此苍白，那么就先学会怎样与自己相处吧。”

2

很多人经常抱怨生活无趣，整天与乏味的工作打交道，身边又缺少有共同语言的朋友，一到周末，看到身边的朋友都出去玩了，就焦虑得无所适从。

其实，我们大可不必如此慌张，要知道每个人的生活往往都少不了独处。而在我眼里，独处并非一件孤单的事情，好好学会与自己相处，才会让生活变得慢慢充盈和有趣起来。

相反，如果你总是在逃避孤独，拒绝成长的话，那么这些无用的社交和过度的娱乐，浪费的仅仅是你自己的时间而已。

记得我有一个朋友，平时特别喜欢画画，周末的时候，喜欢一个人去风景好的地方写生。我常常会问她：“你一幅画就要花好几个小时去完成，不觉得累吗？”

她笑了笑说，画画是她的一种爱好，能让她从快节奏的都市生活里抽离出来，找到属于自己的节奏，她很享受这个独处的过程。

很多年过去，当我再见到她的时候，她已经拥有了一间独立的画室，身边有了许许多多志同道合的小伙伴。

当谈到感情的时候，她说她目前仍然单身，但并不着急，因为在这世界上还有许许多多有趣的人和事。

“找到一个能理解你的人相伴余生，自然是幸运的，如若没有合适的，倒不如先一个人走走停停，去挖掘生活中的一些美好。”

3

我还有一个同学，性格文静，不喜欢太热闹的地方，假期里喜欢看书，逛艺术展。

在大学里，当很多人忙于社交、恋爱的时候，她泡在图书馆里，刷了一道又一道的英语练习题，最终过了雅思，成功实现了她的留学梦。

其实啊，孤独并没有我们想象中的那么可怕，一个人能做很多事情，能去很多地方，当你逐渐从人群里抽离出来，学会独立思考的时候，才能真正静下心来，找到适合自己的生活方式。

就像我爱旅行，不喜欢朝九晚五的生活，便辞去了原本安逸的工作，努力成为一名自由职业者。我见过很多沿途的风景，也见过很多有趣的人。孤独让我变得成熟、勇敢、坚强，让我看到了世界更多的可能性。

所以啊，孤独的时候千万不要将就，也不要盲目合群，因为这样做，往往只会让你迷失自我。

去做你想做的事情，爱你想爱的人，找你想要的朋友，不必焦虑，不必迷惘，孤独恰恰是一个人最好的增值期。

“晚婚的人，最后都嫁给了爱情”

1

这个世界似乎对单身人士一向不太友好，刚逃过了七夕的“花式虐狗”，现在就连国家都开始催婚催生了。

就在越来越多的人开始迷茫，抱怨自己单身时期的遭遇时，伊能静在自己的微博发长文，畅谈了对于单身和婚姻的看法。

她说：“单身其实是最好照顾自己的时候，可以把时间拿来宠爱自己，也可以充实自己的内心。婚姻的本质是爱和扶持，所以在没有遇到合适的人的情况下，千万别将就。”

这一说法立马就引起了很多网友的共鸣，有人在底下留言说：“若是草率地就开始一段婚姻，还不如单身，至少拥有洒脱和自由。在单身的时候好好爱自己，不要在乎别人说什么，单身并没有什么丢人的。”

对此，我非常赞成这样的看法，我从来就不觉得单身有什么过错，甚至在我眼里，这是件平常无奇的事。

我们每个人遇到真爱的概率是三十万分之一，而真正适合走下去的更是少之又少。

所以，婚姻和恋爱并不能作为衡量一个人的标准，我们大可不必为了旁人的闲言碎语而去打乱自己原本的生活节奏。

你只要对自己负责，只需将自己照顾得如花似玉，你要明白孤独好过将就和忍耐。

2

玖玖今年30岁了，旁人和她打招呼说的第一句话就是："你找对象了吗？"

若是玖玖回复说还没有，那么在一旁的友人肯定会当场苦口婆心一顿劝，劝她都是"剩女"的年纪了，就不要再挑三拣四了。

玖玖有点无奈地和我说："有时候，我经常怀疑自己一贯的坚持是不是错了。是不是婚姻就该是找个人随便搭伙过日子？"

其实玖玖对另一半的要求并不高，她没要求颜值，也没要求对方经济条件有多好。可能是单身的人都比较独立吧，玖玖拿着一个月一两万的薪水，完全不需要另一半在经济上的救济。

她对另一半唯一的要求就是"喜欢"，当然这种喜欢并不是对方在条件上与她有多门当户对，而是两个人在三观、兴趣爱好上是否匹配。

玖玖说："我总想找一个能说废话，还愿听你说一辈子废话的人。可相亲认识的人，光面对面吃一顿饭就已经尴尬得想逃了。虽然我从小到大一向懂事听话，为他人将就过的事情不少，但如今唯独不想将就的恐怕就是感情了。”

是啊，没有爱的婚姻，还不如单身来得幸福。

3

据说晚婚的人，最后都嫁给了爱情。

记得我有一个读者，在快要结婚的时候，和我聊起自己单身时的经历。

她说：“林熙，那年我29岁，家里人都催我和一个条件还可以的男人结婚，但是我并不喜欢他，甚至每一次和他约会，都像是在完成家长交给我的任务一样。有一次我实在是过不了自己那关，拒绝了那个男生，我的家人却为此迁怒于我，还说我这辈子都别想嫁出去了。

“林熙，可能我是个幸运的人吧，在我32岁的时候，终于碰到了我现在的老公，他对我很温柔，也很体贴。他的一举一动，甚至是他说过的每一句话，带我去的每一个地方，都恰好让我喜欢。

“我想，这可能就是遇到了对的人吧，能让我心甘情愿地为他付出。这一路我们彼此扶持，有时候看着他好，比自己好还开心。很多人都说我变了，曾经的霸道和不讲理都消失了。其实，只有当你遇到一个很喜欢的人的时候，你才会甘愿为了他，蜕变成一个别人眼中的好妻子。”

所以，女生一定不能将就，单身只是为了等待那个该等的人。

4

我知道，很多人都很害怕这辈子碰不到自己喜欢的人。

经常有人留言说：“林熙，我经历了一场分手，我想我这辈子都不会谈恋爱了。”又或者是：“林熙，我单身了好多年，都不敢相信爱情真的会降临到我身上。”

对此，我常常会和她们说：“再等等，先别那么快就放弃了，未来总会充满惊喜，充满希望。”

而你想要的爱情，也许离你并不遥远，只是你要等，也要变得足够优秀。其实即便没有爱情，人生也可以是玫瑰色的。

我们完全没有必要牺牲自己的幸福，去成全别人眼中的体面。

结婚，还是要找个自己喜欢的。

所有“开挂”的人生，都曾努力到踉跄

1

你们身边有这样的人吗？

看起来好像永远都不用上班，朋友圈定位隔几天就会换一个城市；去专柜试色口红，从不在意价格，一买就是十几只；朋友圈晒的照片好看又有格调，像是花高价请摄影师精修出来的；和姐妹的合照里，每一组的包包品牌都不一样；今天买房，明天换车，后天出国游，大家关于生活、工作的烦恼，仿佛在她们身上看不到一丁点儿影子。

这样让人羡慕嫉妒的生活仿佛就是她们的人生常态，你甚至觉得她们不需要努力，不需要付出，轻轻松松就能得到别人努力很久都得不到的。

但是你知道吗？我曾经看过一个采访，受访者全都是他们所属行业内的佼佼者，主持人问他们，在成功这条路上有没有什么经验跟别人分享。

我到现在还记得其中一个回答，他把所有人比喻成了踮着脚尖跳芭蕾的舞者，坚持不下去的人既放过了自己，也拥有了一个健康的身体，而站在舞台中央接受大家掌声的那一个，优美的舞姿下是一双变形的腿和两只残破不堪的脚。

从那时起，我就明白了一个道理：那些看上去过得很好的人，其实一点儿也不容易。

他们也通宵加班，就连生病都不敢休息；在很多人按部就班上班摸鱼的时候，他们已经高效率地完成了好几个方案；当大家还有周末和节假日的时候，他们要耐着寂寞、踏着荆棘，一步一步往前走。

2

我觉得有一句话用来形容他们特别贴切：越是活得光鲜亮丽的人，越是经历过狼狈不堪。

抖音红人李佳琦，粉丝1400多万，只凭一句“Oh my god”，就能让一款口红脱销。网络上很多人说他从一个月入6000元的美妆导购到月入六位数的抖音网红，不知道上辈子做了什么好事，这辈子才有这么好的运气。

可看了他的采访我才知道，他从做直播以来没有双休没有节假日，每天都在超额工作，一年365天，做了389场直播。

别的美妆博主口红试色抹在胳膊上，他直接抹在唇上，最高纪录试了189支，直播结束后，嘴巴就像打了麻药一样已经没知觉了。哪怕高烧一个礼拜，他也依旧没有停下。

现在随便翻一下那些网络红人的评论，下面总有类似这样的话语：人红不红全看运气。我却觉得用一句运气好就掩盖了他们背后所有的努力，实在是不公平。

大家嘴里的运气好，是他们用我们看不到的痛苦、坚定、努力一点儿一点儿堆积起来的。

用一句很俗的话来说，你都不努力，运气哪儿会来找你。

3

我一个做公众号的朋友，前两天问我要不要一起去采风，因为他觉得自己灵感快要枯竭了，再不出去走走就什么东西也写不出来了。

我问他去哪儿，他扔给我几个攻略，加拿大、日本、澳大利亚，让我来选择。

想当初我刚认识他的时候，他还是一个公众号写手，没什么名气，赚的钱勉强能糊口，家里人频繁逼他回老家找个对象结婚，安安分分过日子，别再折腾了。

可他不甘心，每天除了给别的公众号投稿，剩下的时间就窝在他那个小房间里做自己的公众号，从选题到排版到发布，一个人包揽全部。

那段时间，他每天睡三个小时，连饭都顾不上吃，所有的精力都在那个号上，没什么读者，少得可怜的阅读量，而他能做的就是在看不到希望的情况下一个字一个字地写。

我后来问过他，当初是怎么坚持下来的。他说，他那会儿每次推完文章，后台总有那么一个人长篇大论地给他留言，夸他写得很好，给他提意见。

他最难的时候，是那个读者陪他走过来的，他火了之后，那个读者给他留言：看到有越来越多的人喜欢你，真的很开心。

他累的时候没哭过，看不到希望的时候没哭过，可是苦尽甘来后，看到这句话眼泪就流下来了。

有人形容我们做自媒体的人是孤注一掷，而我和我这个朋友一样，哪怕苦尽甘来，却总记得当初背水一战时，吃过的苦，熬过的夜，忍受过的孤独和寂寞。

4

王源的新歌《世界上没有真正的感同身受》里写道：世上没有真的感同身受，面对其实只有一个人，一个人在夜里哭着，哭到头疼直到睡着，没有人能真的理解你啊。

是啊，风光的你让人羡慕，很少有人能看到你背后甘于寂寞的努力，只看到了你的风光，而你背后的这份孤独、疼痛，谁能感同身受呢？

但生活不是丹麦童话，没有霸道总裁赠予家产，没有丑小鸭被施魔法就变成白天鹅，每个人都是一步一个脚印打拼出来的，他们风光的背后比我们承担的东西更多、背负的压力更大。

哪怕是那些含着金汤匙出生的人，也是一笔一画奠定自己天下的。

所以呀，忙着向往别人的生活，不如看看自己的现状，吃点儿苦、受点儿罪，拼尽全力努力一把，你也会成为让别人羡慕的人。

毕竟，真正优秀的人，从不把时间浪费在别人身上，你拼尽全力把握时间，时间也终将会带给你想要的。

爱这种事怎么能随便说说

1

今天我要讲一个“沙雕”追求者的故事。

故事的主角是我蹦迪时认识的女孩Coco，年轻、貌美，且月入上万。像这样的女孩子，平时身边的追求者自然是挺多的。

这几天，Coco在电话里向我疯狂吐槽她的一名追求者，长相中等，据说是个超级富二代，在微信里动不动就和她说要去谈个几千万的生意。

起初，Coco也没怎么搭理他，可有一段时间，那个男生一直在微信里撩她，说很喜欢她，喜欢到了想要娶她的那种程度。

男生会每天和她道早安、晚安，还会主动向她汇报自己的行踪，在朋友圈里得知她过年缺钱用的时候，还会大方地和她表示，他可以出钱帮她渡过难关。但每次Coco需要他实际付出的时候，男生却只会闪烁其词，不是说过几天，就是说想见她什么的。

他除了花言巧语，明明什么都没有付出，却俨然一副她男朋友的姿态，出去约会动不动就想抱她、亲她，甚至是发她的照片到朋友圈去装。

我笑着问Coco被这种男生追是什么感受，Coco当下就给了我一个白眼，吐出了两个字：恶心。

2

现在的社会活跃着一群渣男，他们深知女人是用耳朵谈恋爱的，于是就花言巧语地骗你，让你感动。

这类男的刚接触下来，你会觉得他样样都好，不仅自身条件好，嘴甜，还会对你各种主动，可一旦当你交出身心的时候，他的态度就发生360度的转变。

我有个读者就向我吐露过她的一段感情。

去年，她在社交软件上认识了一个异性朋友，两个人聊得很投缘，没过多久，对方就在微信里表示说他爱上了她。他每天都会对她说各种情话，还会约她去宜家逛，说未来的家要设计成这样那样。读者听了就觉得特别感动，还以为自己遇见了真爱。

直到两个人正式交往以后，她才慢慢发现，对方除了花言巧语，什么都不会。约会的时候，他不会主动买单；每逢过年过节，或者需要他帮忙的时候，他只会说忙；就连她生病了，他也只会在微信里说一句“多喝热水”。

读者说，交往的这一年，她在金钱上的付出就比他要多，可当初居然还觉得他好，想要和他过一辈子。但现在回过头来想想，对方看似关心和在乎你的模样，不过是被谎言渗透的假象罢了。

如果你什么都没做，就别说你爱我。

3

一个男人到底要怎样才算是真的爱你呢？是他主动给你承诺，还是生气的时候会哄你？

我想，这些都不是最好的证明。因为这对任何一个巧言令色的人来说，都很容易办到。只有当他对你的爱不止停留在嘴边，而是付诸行动的时候，他可能是真的爱你。

要知道当你生病的时候，一句“多喝热水”的分量抵不过立刻带你去医院的关心；当你过节的时候，一句“我爱你”也远远抵不过给你发四五位数红包的那种真诚；当你生活受挫的时候，一句“慢慢会好的”根本抵不过实打实的帮助和照顾。

所以，想要知道一个男人爱不爱你，永远别听他怎么说，而要去看他怎么做——如果他说爱你，却什么都不肯做，不肯付出，那么他只是单纯想占你便宜罢了，因为爱你的人，永远会把最好的给你。

4

可能有的人会觉得我所说的感情都太完美，也太理想化了。

但你们不知道的是，作为一名感情博主，每天都会有感情受挫的伤心人来找我求助，她们绝大多数是因为投入一段不值得的感情里，越陷越深。每当这个时候，我都会感到心疼。

有的人没见过好的感情是什么样的，男人随便说了一句爱你的话，就动了情。殊不知，真正的爱不是光靠嘴把你说感动的，而是他用实际行动来爱你，给你安全感。

女生一定要和会付出的男生交往，因为一个肯在感情里为你付出的人，大多是三观正的人。

一段感情里，男人付出得越少，分手的成本就越低，当男人付出得越多，他自然就会离不开你了。

爱这种事怎么能随便说说，一定要做了才算。

我劝你别删前任的微信

1

是的，面对失恋，面对一段得不到的感情，我曾经和你们说：“最好的方式就是要学会放下，与其当一名执着的‘舔狗’，还不如咬咬牙、狠狠心，把他给删了。因为只有这样，你才能不被他的一条状态、一句话而轻易左右了情绪。”

我一直以为这才是结束一段感情最好的解决方式，直到我有一个朋友告诉我说：“林熙，你错了，你以为删了他，就真的能够忘了吗？那种不甘、委屈、自卑，种种情绪还是会在深夜的时候缠绕着你。你很想他，也很想去看他的朋友圈，甚至在酒精的作用下，还是会不争气地就打通了他的电话。你并没有因为删了他的微信而痊愈，反而会更加想念他。有时候，很多人自以为是的洒脱，终究只是一场逃离。”

朋友的这番话瞬间就把我给敲醒了，因为我总是在告诉自己，告诉身边的人，要对自己好一点儿。简简单单的一句话，听起来太像是在逃避了。

你因为想对自己好一点儿，所以干脆删了对方的微信；因为想对自己好一点儿，所以哪怕一个人也要去旅行；因为想对自己好一点儿，所以为此关闭了心门。

但这样的做法，有时非但没让你好受，反而使你觉得自己离幸福越来越远了。

2

有时候我们想忘记一个人，没必要选择删除他的微信。因为主动地去删除对方的微信，是认输，也是最懦弱的一种表现。

安妮说："以前分手了总想删了前任的微信，因为分手并不是一件快乐的事情，通常包裹了太多负面的情绪。时而怨恨，时而赌气，假装自己不在乎吧，却又输给对方简简单单的一条朋友圈——看吧，他好像真的一点儿都不在乎你，甚至在失去你以后，反倒是过得越来越好了。就这样，你一边愤恨地删掉他的微信，一边又在心里默默期待着他能够回来找你。这种希望最后落空的感觉，真的特别难受。

"后来啊，我便不再随便删一个人的微信了，任凭对方再怎么折磨我的心，我也会坚定地告诉自己说，一定要过得比他好。只有当我变成一个足够好的人，才会有更多优秀的人来爱我，到了那个时候，我忙着跟新欢打交道都还来不及，又怎么会去想他呢。那时的他，早已变成一个躺在我朋友圈里无关紧要的陌生人，我看着他的好，看着他的坏，内心毫无波澜。”

3

很多人都问过我同样的问题，那就是该怎么去彻底忘记一个人。

我想了很久，也尝试了很多种方式，但都失败了，但后来心中开始出现了一个声音，它问我：“为什么要忘记呢？为什么不去直面失去，直面自己的不足，而是要通过这样那样的方式，去抹杀一段回忆？”

我们每个人的生活，多多少少都是有些坎坷的，它消磨着我们的意志，让我们迷失在每一个深夜里，也正是因为这些经历让我们悄悄成长，让我们有了勇气去面对生活上和感情上的失败和挫折。

是啊，为什么一定就要忘掉呢？就算心中还残留着爱和伤害，也是百样人生的一种滋味。我们所能做的就是大步向前走，带着伤痛和热泪，去让自己变得勇敢，变得坚强，变成一个值得被很多人去爱的人。

4

朋友小莫以前一直是一个不自信的女孩，她的那份不自信，让她在感情里轻易就沦为“舔狗”，哪怕被分手后，她依然抓着前任不放。

可后来的某一天，她突然想通了，说要放下这段感情。我问她：“是你把他的微信给删了吗？”

她说：“不，我没删，我就是要留着他的微信，看着他每日更新的状态心如刀割，我在等有一天他放下我，而我也能真正放下他。”

后来，她真的变了，变得爱笑、爱旅游，也会在朋友圈发很多自拍。她说，自从她变得不爱理他之后，反倒是前任常常去找她，去询问她的生活状况。

可是当她再看到前任发来的信息时，内心却毫无半点儿喜悦，而是心里突然意识到：哦，原来我爱过这个人。

我想起很早前看的《寻梦环游记》，里面有一句台词：我一直以为爱的反义词是不爱，直到现在我才明白，爱的反义词是遗忘。

渐渐地，你会遗忘你爱他时候的样子，遗忘两个人曾经说过的话、所给的感动和祝福。

别删前任的微信，当你面对他内心毫无波澜的那一刻，你才知道自己有多酷。

和这四种男生谈恋爱，才不会分手

“现在的女生啊，越谈恋爱就越不想付出了。”

Coco说完这句话的时候，明显带着一丝惆怅，因为她刚结束了一段糟糕的恋情，和一个脚踏很多条船的渣男分手了。

恋情的开始总是很甜蜜，彼此相见恨晚，惺惺相惜，结局却是“狗血”得如出一辙。

Coco说她有一次趁着男友睡着的时候就爬起来看电视剧，但无意中发现男友的手机一直在边上振个不停，在好奇心的驱使下，她就偷看了男友的微信。

可没想到这一看，差点就让Coco崩溃了，微信里各种聊天记录不堪入眼，更气人的是男友居然还称呼几个女生为老婆。

想想这几个月，自己对这个男人掏心掏肺的好，生日给他买好几千块钱的礼物，周末又为他早起做饭，Coco顿时就觉得自己的付出，简直愚蠢到了极致。

不得不说，在感情上，我们最怕的可能不是心平气和的分手，而是当你付出、忍让、包容了，最后发现对方压根就不懂得珍惜你，甚至没把你的感情当回事。

每个人都希望自己的付出与回报可以成正比，至少在谈恋爱这件事上，两个人能够真诚相待。那么，到底怎样的男朋友，才值得女生来付出呢？

1. 给了你满满的安全感的男朋友

我们都知道，女生只要一谈恋爱，就特别容易没安全感，喜欢胡思乱想。

通常在这个问题上，很多男生都会选择无视，因为他们不喜欢事事都要解释跟汇报。

而一个真正爱你的男朋友，他为了不让你担心，为了不让你胡乱猜疑，会主动向你汇报自己正在做什么，就算是因为忙而不能够陪你，他也会抽空秒回你的微信，挤出时间来和你约会。

他从来都不会刻意去逃避你的问题，永远都会给你想要的安全感，这样的男人，值得一个女人来爱。

2. 在朋友圈主动秀恩爱的男朋友

在朋友圈里，我经常看到女生秀恩爱的，却很少看到一个男生经常晒自己的女朋友。

原因是很多男生对待爱情其实很谨慎，恋爱后，如果他们不能百分之百确认对方是自己想要的结婚对象，一般是不会冒着风险，让身边的异性朋友都知道自己恋爱了。

所以，当一个男生开始喜欢在朋友圈里分享和你的日常生活，那么他其实是打心眼里认可你这个女朋友的，并且有把你规划进他的未来。

3. 从不计较和盘算的男朋友

都说女生越来越物质现实了，可我觉得恰恰相反，现在的男生比女生更现实。

因为对一个男生而言，谈恋爱的成本一般比女生要高，在一起吃饭、逛街、出游，这些通常都需要男生来买单。

所以在感情上的付出，男生一般要比女生算得更精明。而一个在你身上从不计较钱，也不计较感情投入多少的男生，他一定很爱很爱你。

因为只有打心眼里很喜欢一个人，才会不求回报地去付出。

4. 肯牺牲一部分时间来陪你的男朋友

在我的身边，其实有很多男生都希望女朋友能够懂事独立，因为他们不太乐意把所有的时间都交给自己的女朋友。

可偏偏女生是猫系动物，爱上一个人以后就想要黏着他，希望能够时时刻刻陪伴着。

其实很多男生并不笨，他们知道女朋友是需要陪伴的，只是看他愿不愿意，肯不肯为了你腾出时间罢了。

所以，一个肯牺牲自己的时间来陪伴你的男朋友，他一定是在乎你的。

其实啊，并不是现在的女孩子都不肯在感情上付出了，而是经历过分手、背叛，看清了渣男越来越多的套路之后，才明白“执子之手，与子偕老”的感情太难遇了。

但我想说，余生很长不必慌张，未来总会有一个值得你爱的人在等你。

没有礼物的恋爱，和单身有什么区别

1

你觉得没有礼物的恋爱，有幸福感吗？

我个人觉得礼物就像一种生活的调味品，一种恋爱的仪式感，无关价值贵重与否，但不可或缺。

有一次我朋友和男友吵架了，原因是她过生日，男友毫无表示。

她问男友是不是忘记她的生日了，男友说记得，只是觉得没有送礼物的必要。

朋友怒极反笑，说："如果过生日、过节都没有礼物，那还要谈恋爱干吗？还不如单身来得舒服。"

有很多男生也许会说："只是一份礼物而已，有那么严重吗？"

我觉得女生在意的根本不是一份礼物，而是男友的用心程度。两个人交往讲究有来有往，没谁愿意用自己的感情换一张单程票。

朋友还隔三岔五给男友买些衣服、护肤品呢，怎么到男友这里，送礼物就变成形式主义，华而不实了呢？

大多数的女生从来不会主动和男生要任何礼物，但是类似纪念日、生日，必要的礼物还是要有的吧。如果连这点儿心思都不肯花，还不如给她自由。

2

我曾经在知乎上看过一句话，她说："男生总是不懂女生享受礼物的心理，还简单粗暴地把这种行为归类为虚荣。"

其实女生在意的哪里是一件礼物？都这个年代了，越来越多的女生经济独立，想要的东西基本都能自给自足。再说了，和你要一支口红，要一瓶SK-II，她能发家致富怎么着？她需要的不过是一片心意。

如果是男生主动送的，花了心思在里面，哪怕是两块钱的礼物，她们都会欣喜不已。

但如果非逼着她们主动要，那么准备好钱包，因为你未必送得起。

"没本事的男人才会说女人太物质、太现实。"

再说了，没有礼物的恋爱和单身有什么区别？既然多了一个人，也没多份宠爱与心意，何必与你牵扯？是wifi不够快，还是明星不够帅？

你玩个游戏，想要继续下去，都得充值吧。喜欢一个人，送她礼物，这事再自然不过了，道理有什么搞不懂的？

送礼物是恋爱中应有的仪式感，礼物丰俭由人，但它切切实实地代表一份心意，表明对方把你放心上。

3

男生别觉得给女生送礼物是自己吃亏了，你绝对想不到会送礼物的男生有多幸福。

就说我一个哥们儿，二十四孝好男友。我们都说把他和女友相处的过程拍下来，可以直接编入“男女朋友恋爱ISO体系”，因为他们俩真的太甜了。

刚出iPad mini那阵，哥们立刻拍了一个，背后还一语双关地刻了首他女友最爱的《全世界只要你来爱我》。

他女友相中一双大牌凉拖，去了几个专柜都没买到。他发朋友圈求助，最后辗转好几层关系，从国外代购了一双回来。

他和女友是大学同学，到今年处了快七年了。翻看他女朋友的相册，还原了两个人恋爱长跑的点点滴滴。

有人说，再相爱的人，在一起几年也会腻烦彼此。但他们俩不是，爱得越久越如胶似漆，每天都过得像纪念日。

感情这种事讲求个你来我往，真心爱你的人，不会做感情中索求无度的捞女和白眼狼。

男生对另一半好三分，对方就能回报十分喜欢、十分爱。

他生病的时候，是女友辞掉工作照顾了他一个月；他生意周转不便时，是女友掏出了全部积蓄与他共渡难关。

4

礼物，不过是具象地向爱人表达“我心里有你”的形式。

女生享受礼物，一是想借着礼物，给爱情增加点儿仪式感，不管过去多久，看到这样东西，心里都是个念想；二是，也想借这个机会跟男朋友撒撒娇，让男友在自己身上多花点儿心思。

恋爱图的不就是这点儿你知我知的小浪漫吗？

也许在外人看来，你晒出来的只是一件礼物，但你和对方都知道，它背后有一段情。

所以，礼物是一定要送的，不然和单身有什么区别？

对另一半的宠爱，不是靠嘴说说就行，要付诸行动，才不会显得飘。

说一万句“多喝热水”，不如把水端到她手边。

说一万句“我想念你”，不如订一张机票，给她惊喜。

说什么天长地久，不如用一枚戒指作为承诺，将你们的后半生绑定。

天冷了，送她围巾，让她在寒冷的季节，能够感受来自你的温暖。

天热了，送她风扇，让她在炎热的日子，能够拥有心旷神怡的凉爽。

她需要时你就在，再不济你的礼物也在，让她能够感受到被珍视和陪伴，这就是礼物的意义。

礼物是爱情中的仪式感，是提醒你们美好时光的信物，是表达“我心里有你”的具体形式，是你们在彼此身上付出的物质与精力，是保证你们不会轻易分手的砝码。

礼物是对过往心意的总结，和对美好未来的寄托。

礼物是感谢茫茫人海中与你相遇，你是上天赐给我的最好的礼物。

什么样的年龄是最适合结婚的

1

有这样一个问题：“什么样的年龄是最适合结婚的？”

有人和我说：“女生尽量在30岁之前，男生在28到32岁之间，只要在这个年龄区间里结婚生子，可以说是人生赢家了。”

但是还有些人和我说：“年龄和婚姻完全没有关系，法律都只规定了最低婚龄，又没有规定最高婚龄。没有该结婚的年龄，只有在对的时间遇上对的人。”

可能在我看来，最佳结婚年龄就是遇到对的人的那个年龄。甜甜是我身边一个很优秀的女孩子，人长得漂亮，事业也风生水起，但是所有这些在她妈妈眼里都不算什么，因为甜甜今年34岁，还没有男朋友。

可能在我们的固有观念里，20岁就该恋爱，30岁就该结婚，到了什么年龄就去做什么事。所以甜甜妈妈的日常就是给甜甜网罗优质男相亲，而且整天教导甜甜：“工作能力太强、年龄又大的女孩子，是根本嫁不出去的。”

这让我想起了前些日子和一个香港的朋友聊天，她很困惑内地的女孩子为什么结婚很早，因为在香港，很多女孩子都是30岁到40岁才结婚，但是在内地，30岁出头还未结婚的女孩子会被称为剩女。

其实哪有什么大龄剩女，不过是在等对的人。不结婚不是因为结婚不重要，而是因为结婚太重要了，不敢轻易结婚。

2

起初听说余文乐宣布恋爱的时候，很多人猜测说浪子可能玩累了，想找个人安定下来。

余文乐却在微博里写道："在对的时间遇到对的人，感谢上天把最好的你安排在最好的时间出现，感谢你的出现，让我的世界充满正能量，充满快乐，充满笑声。在这12个月里，你让我的世界发生了巨大的变化，感谢你对我的信任，也感恩你把人生余下的日子交到我手上，我一定会把幸福带给你。"

所谓对的人，不过是没有因为空虚，没有因为一时的心动而去草率地结婚，也没有因为父母之命，年龄大了而去结婚，而是因为一直坚信爱情。

就如同《剩者为王》里的一句台词："爱情是我坚持了这么久的原则，我为什么要妥协啊，我相信那个对的人，一定会接收到我的信号。"

所以当年长不大的张志明用了几年的时间最终等来了自己的春娇，而现实里的余文乐也辗转了几段感情，终于等到了王棠云。

这或许是爱情最美好的样子了吧，你是对的人，所以我们相遇就是对的时间。

3

很多读者在后台给我留言说：“林熙，我很害怕自己有一天会因为年龄大而结婚，因为父母催促而结婚。”

可能到了一定的岁数，社会和我们身边的人都会给我们很大的压力。父母会介绍我们去相亲，朋友会追问我们为什么不谈恋爱。很多时候听多了，会心慌，会担心自己一辈子遇不到自己喜欢的人，也会有那么一瞬间闪过“将就”的念头。

我记得俞飞鸿有段回应不婚传言的采访，她说：“我不是独身主义者，也不是不婚主义者，我的状态只不过是没结婚，我只是说我并没有那么着急，去选择到什么年龄就必须要有一个实际的婚姻。”

因为婚姻远不是一双不合适的鞋，磨破了脚就可以扔掉那么简单，因为你选择的那个人是要和你共度余生的，如果没有遇到能让你心动的人，就不要将就。

4

我们所有人都在期望美好爱情的到来，但是永远不要因为年龄大了而去将就，这个世界上没有最佳婚姻年纪，因为比起孤独终老，更可怕的应该是和一个让你感到孤独的人一起终老。

如果非要说结婚有最佳年龄，那最佳年龄的评定标准就是，你遇到了想要守护、陪伴一生的那个人时的年龄，但是在年龄上没有限制，可以是20岁，可以是30岁，也可以是40岁甚至更大。

你要相信，这世界上有一个人是永远等着你的，不管是在什么时候，不管你在什么地方，总有这样一个人会等你。

如果一定要结婚，希望我们都是因为爱情。

没有制造不了的浪漫，也没有等不到的人，希望你能把婚姻交托给在教堂里站在你对面，无须煽情，就能让你四目相对热泪盈眶的那个对的人，晚一点儿真的没有关系。

感情中，只要男生肯服软就不会分手

1

8月这个分手月，相信大家都看到了娱乐圈好几对情侣相继在微博宣布了分手的消息，这也让大家越来越不相信爱情了。

有读者在后台跟我说：“我一把年纪，已经没有精力去帮别人教育老公了，怎样才能找个不分手的男朋友？”

有时候两个人在一起之所以会分手，只是因为吵着吵着就吵散了，几乎所有的分手都是以争吵作为铺垫。若是吵不散，大多数时候就不会分手。

但是男生跟女生不同，女生相对感性些，而男生则理性些，所以在面对争吵的时候女生更容易歇斯底里，感情中女生情绪分手的会比较多。

这个时候，如果男朋友跟着你一起闹，那么你们基本就吹了，但是如果这个时候男友很理性，适当服软让你安静下来，那么这样的感情一定吵不散。

还记得《前任3》里孟云和林佳的故事吗？两人吵架了，孟云怪林佳主动提了分手，林佳怪孟云只会讲道理，不会服软，两人最终遗憾散场。

2

其实会服软的男生真的很可爱。

小安的男朋友就是个会在关键时刻服软的人。小安跟我说，有次她跟男友吵架，当吵到她彻底奓毛了，并让男朋友立即滚出这个家时，男友没说什么，就转身默默地收拾东西，小安一边生气一边难过。

没想到男友把东西都收拾好以后，可怜兮兮地走到小安的身边压低声音说："行李收拾好了，我请你去旅游吧，你给我个台阶下嘛，别生气了。"

小安当时瞬间笑场了。

事后，她问男友当时是怎么想的，男友很傲娇地说："本来想着就这样一走了之的，后来想到我走了以后你一个人肯定很可怜，就勉为其难哄哄你吧。"

小安说，就因为有个会服软的男朋友，别人吵架感情是越吵越差，她跟男朋友不同，她跟男友吵架是感情越吵越好。因为每次争吵，她都感觉男友是爱自己的。

每个女生心里都有杆秤，在争吵的时候，男友如果特别谦让且懂得服软的话，女友的天平会瞬间偏向你很多很多，这些感动是你给她花再多的钱都换不回的。

3

其实这个世界上哪有真正好脾气的人，对你好脾气只不过是因为珍惜你。

我有个哥们跟现女友已经交往快两年了，马上快要步入婚姻的殿堂。当时身边的朋友听说他正儿八经恋爱了都很惊讶，因为他一直都是个玩世不恭的人。

有一次，我跟他吃饭的时候问他："你女朋友一定很让着你吧，才能让你这样的人收心了。"

他笑着说："哪有，我们吵架的时候都是我先服软，她都是吵着闹着要分手、要离家出走的那一个，我就厚着脸皮求她不要走，并且给她买礼物道歉。"

我笑他转性了。他说："林熙，只不过是遇见了自己真正喜欢的人罢了，所以不想失去了。"

有人会说吵架时候会服软的男人一点儿也不爷们，但是在自己爱的人面前要什么爷们，要她就够了啊。你要回了面子，却输了她，那又有什么用？

真爷们儿是在天下所有人面前都硬气，但只在自己媳妇面前服软。

4

女生都是记仇的，你对她们不好的地方，她们都放在心里小小的角落堆积着，相反她们也很懂得感恩，你对她们的包容她们也都记得。

女生有时候闹脾气、作、无理取闹，只不过是因为在感情中男生没有给她们足够的安全感，女生没有安全感的时候才会一次次用发脾气来试探自己在对方心中的地位，虽然有点偏激，却也是因为爱。

我曾经说过，真正的安全感不是来源于爱，而是来源于偏爱，当她们感觉到自己是被偏爱的那一个的时候，她们才会感觉到安心，而男生的服软则能让她们充分地感受到偏爱。

有些人是一见钟情，有些人三见也钟不了情。遇见一个真心喜欢的人特别不容易，如果两个人在一起了，一定要有一个人脸皮厚、会服软，这样两个人才不会走散，也只有这样，彼此才能熬过漫漫岁月。

所以啊，女生一定要找一个会对你服软的男生，这样才不会分手。

想要的都拥有，失去的都释怀

1

前段时间和朋友去看《复联4》，小蜘蛛目睹钢铁侠死在自己面前时，我们俩恨不得抱头痛哭。于小蜘蛛而言，史塔克先生是偶像，是前辈，更是如同父亲般的温暖存在。

看过一段采访，被要求形容钢铁侠时，这个玩世不恭的花花公子、科学怪人，却在小蜘蛛的眼中，是花朵和带着小雏菊香气的温暖的人。

这样的人却在小蜘蛛面前猝然离世，连我这个观众都接受不了，不少影评却说这已经是最好的结局。

毕竟小蜘蛛需要成长，他需要的是独自面对风雨，去迎接人生中接踵而来的机会和挑战，成为能够保护所有人的真正的邻家英雄。而如今，尚且稚嫩，仍需要钢铁侠庇佑的小蜘蛛，虽然经历了一些磨砺，仍算不上真正的成长。

我曾在某本书上看过这样一段话："成长其实就是从父母身上接

过责任的网。曾经由他们负责背负的东西，长大后便纷纷落到了你的肩上。所以你会觉得身上的担子变重了，生活也不如曾经有滋有味了。学会接受现实，是成长的第一步。成长的过程，需要不断地接受失去。”

2

朴树的歌里，我最喜欢的就是《平凡之路》，里面的每句歌词讲的都是成长。

“我曾经跨过山河大海，也穿过人山人海。我曾经拥有着一切，转眼都飘散如烟。”

姗姗是我的一位朋友，从小成绩优异的她，始终是别人家的孩子。原以为这样的顺风顺水会伴随她的一生，但她毕业后的几年，却发现曾经那些令她自豪的特质，似乎离她渐行渐远了。

比如上学时，她只需要专心学习，考出优异的成绩，就能得到家长的认可、老师的青睐。工作后，她却发现只是把分内的工作做好，并不足以让她升职加薪。不擅长邀功请赏的她，时常被同组成员抢了功劳而不自知。

专注也许永远适合最顶尖的一批人，而姗姗需要背负的，远比做好眼前事更多。

谈恋爱也是，高中就在一起的男友，是她的发小。姗姗曾觉得以他们之间的感情和共同经历的一切，就算没能走到最后，两人也会成为一辈子的好友。

大学时她和男友异国恋，12小时的时差令他们沟通渐少。男友有了新的圈子和朋友，她在电话这边只能听他说，插不进半句话。再后来，男友问她能不能出国读研，姗姗那时已经拿到了不错的offer，不想错过。而她的那句回答，给他们俩的感情画上了终止符。

此后，他们再没有联系。原来当时的想象，只有“没能走到最后”这句，一语成谶。

成长的过程里，姗姗失去了很多。

少年时期的爱人、引以为豪的资本、养了十多年的宠物、校园里最好的朋友，以及在动摇和自我怀疑中丢失的初心。

但如果有时光机，能够扭转过去，姗姗想，兴许她还是会做出和当下差不多的选择。

3

就像毛毛虫破茧成蝶的过程，只有挺过了难以忍受的阵痛，才能迎来真正的蜕变。

一如里尔克说的：“哪有什么胜利可言，挺住意味着一切。”

姗姗开始正视工作中的问题，学会放手给下属的同时，也积极帮上级处理问题，在领导面前充分展示自己的能力。没过多久，领导调任，她也相应升职。

和男友分手后，她低落了很久，却在一次与客户的谈判中，和对方互生好感，新的爱情让她重新找回了相信爱的勇气。

如今姗姗又找回了做“别人家的孩子”的感觉。升职后的她一路过关斩将，刚满30岁，就坐到了跨国品牌地区总监的位置。男友不仅给她生活上无微不至的悉心照顾，更为她想要奋斗的事业留足空间，给她助力和尊重。两个人携手共进，让人看到了爱情最美好的模样。

原来成长中的失去，是在给未来缴纳学费。

意识到自己的不足，才有方向奋勇直追；意识到曾经的爱人不适合陪自己走向未来，才能及时止损，找到更好的；意识到老友渐行渐远，才会积极扩展新的交际圈。

所有失去都会以另一种形式归来：经历过失去，才更懂得珍惜拥有；经历过失败，才会更清楚地认识成功；经历过误解，才会修炼出无坚不摧的品格。

就像游戏里打怪升级一样，曾经适合自己的武器装备，在升级后逐渐不适合自己了，自然要换更匹配现阶段的新武器。

曾经一起打团战的队友，可能有的下线，有的不常玩了，但你也会不断地结识新队友，开拓更广阔的新地图，而你和老朋友的回忆仍在。

所以，与其说成长是失去，倒不如说成长是不断升级适配的过程。

接受失去，与自己和解，能够让我们以更舒适的方式生活。

人生不就这样有起有伏，有得有失？得失平衡，就算不上失去吧。

愿你看开，一生都有人爱，想要的都拥有，失去的都释怀。

你的生活决定你的幸福

1

五一的时候，我和发小杰哥约了一顿小龙虾。

自从他大学毕业选择留在北京发展之后，我们已经有五六年没有怎么见过面了。我问他这些年在北京过得怎样，杰哥笑了笑说：“还行吧，前几个月刚在北京交满了5年的社保。”

我打趣恭喜他终于在北京有了买房和摇号的资格，可以好好扎根了。可是当我们聊起北京日益高涨的房价和低到萎靡的车牌摇号中签率时，杰哥却深深叹了口气。

的确，在北京拥有扎根的资格是一回事，能不能扎根是一回事，扎根后能不能过上自己想要的生活又是一回事。

我问他想不想回宁波，他毅然摇了摇头。尽管这些年杰哥在北京打拼历尽了各种艰辛，但是他依然坚定地选择留在北京。

因为北京有他的梦想，有他想要的幸福，虽然有无数个在出租房里辗转难眠的夜晚，但也有无数个充满梦想和希望的清晨，虽然生活不易，但他相信再努力几年，职位晋升一个台阶，就可以攒够一套房子的首付。

谈起当年的选择，杰哥内心也有些许遗憾。如果当初听妈妈的话早点儿回宁波，如果当初没有执着地选择在北京追求他的梦想，可能现在早就已经结婚生子，孩子都挺大了吧。

但杰哥对自己的选择未曾后悔过，他觉得在现实的遗憾和理想的追求中不断寻找自己，有勇气去选择自己想要的生活，才是人生的完整和幸福。

听了杰哥的话，我当时挺有感触的。是啊，我们都有过梦想，也都曾在是选择追求理想还是向现实妥协上，有过一定的迷茫。但是后来才发现，其实我们选择的生活，决定了自己的幸福。

有些人向往大城市，有些人安于小镇的生活……大城市里繁多的机遇与巨大的压力并存，小镇生活的舒适安逸也伴随着平庸寡淡，没有一种生活的选择是完美的，也许这就是老天爷给予每个人最大的公平。

但是我一直都觉得，忠于自己选择的生活，才是最好最幸福的生活。

2

有些人在充满挑战的环境中不断突破自己，以此来寻求人生的圆满和幸福感，而有些人在思考中做出一些妥协来寻求人生的另一种完整。

我们单位里有一位同事叫铃铃，我对她印象特别深刻。曾经的她是杭州一家世界500强企业的资深编辑，但是她和她老公最后还是放弃了杭州优越的工作和环境，毅然选择回了家乡的小镇，在一家不起眼的小公司工作。

铃铃跟我说："在杭州那么多年，按照我和我老公两个人的工资和存款，再加上双方父母的一些积蓄，的确能够买到一套心仪的房子在那里定居。可是即便这样，我们依旧没有归属感。

"在老家，也许工资没有在大城市里拿得多，但是生活节奏慢，没有什么心理负担，每天一回到家就能吃上我妈做的热腾腾的饭菜，看着自己的孩子活蹦乱跳地向我跑来，就觉得生活特别甜。"

每个人对幸福的感知和理解都不同，我深刻感觉到的一点儿就是，你所选择的生活，真的就决定了你的幸福。

3

很喜欢柒先生说的一段话："生活就像是一个人走进了自助餐厅，奔着吃撑去的吗？未必吧，还是要挑喜欢吃的，不是谁都能吃回本，像极了人生啊，还是开心幸福最重要，所以按照你的节奏生活就好。

"你会有漂亮的高跟鞋，也会有大碗的红烧牛肉面，会有爱你，你也爱的那个人，猫会有的，花会有的，蛋糕也会有的。"

有些人喜欢喝红酒，但有些人就是喜欢喝可乐；有些人汲汲于富贵，喜欢背名牌包包周游世界，但有些人安于平淡，喜欢柴米油盐、家长里短。

你不能说选择哪种生活的人更幸福，但是共同的一点是：选择你喜欢的生活方式，忠于你自己的选择，幸福就围绕在你身边了。

“先说出口的人，就已经输了”

1

《延禧攻略》已经大结局好几天了，很多朋友还在因为傅恒的死而难过，也有朋友说魏璎珞真的太幸福了，有傅恒这样用生命守她一生的男人，也有皇上这样许她荣华富贵的男人。

那么多年过去了，在皇帝的眼里似乎只有魏璎珞。

甚至在继后倒台的那一刻，也不甘心地问了魏璎珞最后一个问题：“我花了数十年时间，都没能赢得他的心，你到底用了什么样的手段，让皇上那么爱你？”

而魏璎珞只是淡淡地说了一句话：“皇后，你一往情深为什么要告诉他？先说出口的人，就已经输了。”

其实一路追剧下来，看着娴妃为了复仇，仅凭一己之力就一步步扳倒了高贵妃、纯妃，最终坐上皇后的位置，可一个那么聪明的女人，最终还是输在了“情”字上。

当她面容憔悴，像个疯子一样歇斯底里地质问皇上的时候，很多人都看哭了。而其中最扎心的一句话是："爱你的你不珍惜，不爱你的你视若珍宝，弘历，你是个傻子。"

2

我有个读者忍不住问我："林熙，为什么男人永远都看不到女人的付出呢？"

我说："不是看不到，只是最让男人挂念的，恐怕就是像魏璎珞这样若即若离的女人吧。"

在感情上，我们经常会碰到这样一种女生。她们懂事、体贴、温柔，时时都为爱的人着想，就像《延禧攻略》里的娴妃，虽然后期时的她一心想着复仇，却唯独对皇上一往情深。为了得到皇上的青睐，她辛辛苦苦地打理后宫，还不忘端茶送水，时刻照顾皇上。甚至幻想着能够讨皇上的一片欢心，坚持吃胎盘，永葆青春。

这和大多数陷入爱情的女生一样，总想着自己多付出一点儿，对方就能看到，就能珍惜。但这种"无私奉献"的精神，最后往往得不到男人的宠爱，反倒会让自己陷入泥潭里越来越深。

娴妃正是因为种种付出，不惜搭上性命，最后导致她彻底疯了。因为她不管怎么努力，都得不到对方的爱。

有时候，人在感情上付出得多了，就越不甘心，而越不甘心，就越想要得到对方的爱，最终闹得一场空。

3

小陌说，她一点都不喜欢魏璎珞这个角色，虽然她善恶分明，还一路“开挂”到了剧终。但在感情上，她明明就没怎么付出真心，凭什么就轻易得到了他人的万般宠爱。

这让我想起陈奕迅所唱歌中的一句歌词：得不到的永远在骚动，被偏爱的都有恃无恐。

你能说魏璎珞不爱皇上吗？不能，只是皇上对她的爱，要远远超过所有人。为什么呢？因为人往往对得不到的更加宠爱，而太容易得来的就会不理不睬。

魏璎珞聪明就聪明在她不会一开始就傻傻地去付出、去奉献，更不会因为皇上的一丝恩惠和圣宠而全盘投入。

她的爱永远都是留有余地的，自私一点儿来讲，比起皇上，她其实更爱自己，也很享受别人对她的付出和宠爱。

感情这件事向来都是不公平的，总有一方付出得比另一方要多，刚开始就付出很多的人往往会给人一种唾手可得的感觉，越是没那么容易得到的感情，才显得珍贵。

4

以前我总在自己的文章里告诉读者说，要多爱自己一点儿。

有人就在底下留言说：“感情本就是一个愿打、一个愿挨的事情，倘若人人都只爱自己，那么谈恋爱还有什么意思呢？”

在这里，我想说的是我并非让所有人都在感情里学会自私，在这个世界上并没有不付出就能拥有的爱情，哪怕有也不会长久。

只是姑娘，我希望你在爱之前多为自己着想一些，你大可为了爱情付出钱，交出心，给出你所拥有的一切，可你有没有想过，对方到底为你做了些什么？他会不会在你需要的时候保护你，会不会在你孤独的时候陪伴你，会不会在你付出感情的时候对你有所回应？

如果没有，那么总有一天，你会为此垮掉。并不是先爱上的人是输家，而是先为爱情放弃尊严、放弃自我的人，就已经输得一败涂地了。

你要像魏璎珞一样爱人，既勇敢又心狠，绝不委屈自己。

人生所有机遇，都在全力以赴的路上

1

我曾在微博后台，收到一条让我心头一暖的私信。

他说："林熙，我从高中时就特别喜欢你，你的文章在我最迷茫的阶段，给了我非常大的力量。现在我已经上大二了，学视觉设计，如果你需要，我可以免费给你的文章做插图。"

他的ID我很眼熟，因为我每次发文章，都一定能看到他的评论。

那时他上高中，成绩不佳，总被家长骂，还谈了个女朋友，两人分分合合，让他很痛苦，不知自己躲着老师、躲着家长和她在一起，到底做得对不对。

我告诉他："不要去评价这件事对不对，而是用你想要的未来倒推，今天你做的事，能抵达你想去的地方吗？"

他懂了，把游戏搁到一边，和女友约定一起考上某名牌大学。

期末考试，他年级名次进步500多名，离他梦想的大学更近一步。

高三一模，他没发挥好，又给我留言，觉得自己心绪很乱，总觉得自己考不好了。

我安慰他："慢慢来，相信人生的所有机遇，都在你全力以赴的路上。"

他没回复，但再一次出现时，是晒出他的大学录取通知书。

所有昼夜耕种的梦想，都在那一刻开花结果。

他和我说，自己的梦想是做一名出色的设计师，然后一手打造我的新书，算是他作为小粉丝追星成功。

我想说的是，他的努力和全力以赴也感染了我。

虽然劝别人时，我总有一套套的大道理，但现实中，我也是个会迷茫、会拖延、会被各种问题为难的普通人。而那些喜欢我的读者，则像是我埋头行夜路时，相随相伴的漫天星光——不是我治愈了你们，是我们在相互照亮。

2

Susan是我姐姐的闺密，写这个主题时，她是我第二个想到的人。

Susan家在四川某个重点扶贫县，只有高中学历的她，已经是全家学历最高的人，但为了弟弟能够继续学业，她不得不辍学，到广州打工。

她最开始是在大公司做前台小妹，同时她也是公司上下公认做得最好、最认真的前台。

同样是接待来往访客，接收快递，经过她手的事情，无论你什么时候问她，她都能记得清清楚楚，条理清晰。

有一年公司年会，老板鼓励大家上台讲一讲自己的职业规划或梦想。

Susan说：“我希望在这里，我能靠自己赚到钱买房子、车子，我希望能学会弹钢琴，自信地用英语和外国人谈笑风生……”

她说了很多愿望，台下哄笑一片，很多人觉得梦想大会被她说成了幻想大会。

Susan没有解释一句，但她报了专升本，去读夜校。她周末在钢琴学校，无偿给老师做助教，顺便学一些简单的钢琴演奏。等学会一些后，就给家长没时间陪的孩子做陪练，赚到钱再进阶学习。

两年后，她拿到了本科文凭，钢琴过了业余十级。

Susan待人从来都是笑呵呵的，唯独和自己较劲。最辛苦的几年，她每天忙得像是不停转的陀螺，旁人都惊讶她小小的身体，怎么能有那么大的力量。

但努力终究得到了回报，她和朋友合伙开外贸公司刚好赶上外贸潮，大赚一笔，又开餐饮门店……

有回我们几个吃饭，Susan聊到过去，在酒精的催动下泣不成声，她说：“高中毕业，我明明拿到了大学录取通知书，但为了弟弟，我别无选择。后来我就告诉自己，我一定要非常努力，给自己创造更多的选择机会，而不是被别人选择。”

如今，Susan在珠江新城有视野广阔的大平层，还有一个爱她的丈夫和两个孩子，经常从她家里传出阵阵的钢琴声。

在她全力以赴的路上，所有被人嘘过的梦想，都变成了她从未向生活认输的力证。

3

其实我们都听过不少励志的大道理，也看过不少教人成功的图书，但书上没说的是，每个人的成功经历，都要有天时地利人和相伴，没有一个人的成功模板是可以完全复制的，只除了一点，那就是为了梦想全力以赴，不断蓄力，直到机遇来临的时刻，稳准狠地抓住。

我的一位朋友特别喜欢某位漫威英雄，有一次朋友圈里有人提供了一次面对面采访超英演员的机会，唯一的要求就是全程全英文访谈。但朋友的英语，自大学毕业后就再也没拾起过，别说采访了，就算偶像站在她眼前，她也只会say hello而已。

这件事令她痛苦很久，懊恼自己明明知道自己想要什么，却从没有为此努力过，活该机遇来的时候没抓住。

《山月记》中，郁郁不得志的诗人化身为猛虎后，遇见昔日同僚，痛彻心扉的一番感慨，令我记忆深刻。他说：“我因为害怕自己并非明珠而不敢刻苦上进，又因为有几分相信自己是明珠，而不能与瓦砾碌碌为伍。口头卖弄着‘人生一事不为则太长，欲为一事则太短’的警句，实际上却从未真正做过什么，这才是我走到今天的原因啊。”

不要因为惧怕失败而不敢努力，不要因为惧怕得不到想要的结果而吝啬付出。要相信世间所有的付出，都不会白白付出。即便今日的耕种并无所得，或许在明日就会从其他地方找补回来。

人生所有的机遇，都在全力以赴的路上。与君共勉。

学会爱自己，幸福才不会跑掉

1

我们很多人经常会面临这样的时刻，感叹生活太苦，感情不太顺，没有人爱自己，人间不值得。可我想问一句话，你爱你自己吗？

如果你不爱自己的话，你真的不必感叹人间不值得，因为自己是梧桐，凤凰才会来栖；自己是大海，百川才来汇。当你爱你自己的时候，别人才会发现你的闪光点，才会被你吸引。

一个人只有先学会爱自己，才能去接受别人的爱，才能迎接更好的生活。

很多人总以为爱自己是对自己物质上的给予，但这只是一方面，最重要的是在精神上对自己的肯定和给予。

爱确实需要成本，但这种成本只会激发你自己的能力。

没有人爱自己的时候，应该让自己变得优秀，先经营自己，才能吸引别人。属于自己的风景从来不曾错过，不是自己的风景永远只是路过。

2

很多人都会在感情里犯一个错误：要么不爱，要么爱得要死。

但其实在爱人的同时也应该爱自己，人不应该毫无保留地把所有的爱给别人，那样到最后会遍体鳞伤。

对待感情认真也不是一件错事，但过了头往往会得不偿失。也许别人只是随口说喜欢音乐，你却为了跟对方有共同话题，砸钱去学一窍不通的钢琴；也许别人只是无聊想吃甜品，你就无脑逼自己去学烘焙；也许别人只是偶尔去健身房打卡，你以为对方喜欢身材好的人，拼命饿瘦自己。

到了最后，你的这些行为很有可能让对方觉得你的爱很廉价，自然会被对方无情地发好人卡，而对方并不会珍惜你所做的一切，因为你感动的只有你自己。

所以啊，真的别在爱情里投入太多，爱自己多一点儿反而更有吸引对方的点。在爱自己这件事情上，永远都不会错。

3

一个人要是不爱自己，就很难从对方身上获取更多的爱，从而成为一个患得患失的人。

当你太久没有谈恋爱的时候，很容易在遇到一个差不多的人的时候，毫无保留地付出，想要把这个人留在身边，然后就很可能会成为让人讨厌的那种人。

你发消息，对方没回你，你就开始胡思乱想，疯狂给对方打电话，这会让刚在一起的人喘不过气来；对方大声讲话，你就觉得那是在凶你，觉得对方不爱你了；没有带你出去和朋友一起吃饭，就会觉得对方根本不在意你。

这像极了人溺水的样子，想要去抓住救命稻草。然后很有可能这根稻草马上就放弃了你，你开始怀疑自己是不是真的不会有人爱了。

其实这就是典型的缺爱的表现，可是我们不能光等着别人去爱你啊，首先最应该爱你的人是自己。

想要爱人，先要学会爱自己，你爱自己有多少，别人爱你有几分。

4

对他人减少依赖、降低期待，并且爱自己，是特别重要的三件事。爱自己，则是重中之重。

可你一定要知道，爱自己不是自私的表现，凡事都要留有余地。你可以成为你想成为的人，做自己想做的事，和人相处不累，变成生活中优秀的人，但你一定不能成为一个自私的人。自爱不是自私的代名词，变得优秀也好，变得有价值也罢，这都是你自己努力的结果，不是能从别人那儿索取来的。

很多人会把自爱和自私混为一谈，你想要更好生活，于是你拼命压榨父母，拼命想要嫁入豪门，这样的三观是错的。

一个真正爱自己的人，想要更好生活，会通过努力奋斗，去买自己喜欢的包、喜欢的车、喜欢的房，想要变美，会去美容院、皮肤馆不停地保养自己。

你所有想要的都来源于你自己，这才是自爱。

生活其实有很多的美好，爱上生活本身，发现爱，拥有爱，才是爱自己的开始，被爱永远都来源于自爱。

爱自己，幸福才不会跑掉。

余生是你，才有意义

1

比悲伤更悲伤的故事是什么？

是两个明明相爱的人，一个选择放手，一个选择成全。

前天看完《比悲伤更悲伤的故事》以后，我发了一条朋友圈说，最后二十分钟我看得很难受，看哭了。

我不明白为什么两个明明相爱的人，一个拼命想要放手让对方幸福，一个明知道故事的真相还要假装不知道，拼命地成全对方的放手。

电影里，宋媛媛在故事的最后问张哲凯："你有没有什么特别想要说的话，或者做的事，就是那种想要和神父祷告时说的话？"

张哲凯说："有，我喜欢你，但我希望你找个好男人嫁了，希望那个好男人有工作，有点儿钱，顾家且善良，最重要的是身体健康。"

宋媛媛说："好，我会找个好男人嫁了。"

于是最后的最后，张哲凯以为自己的放手是对宋媛媛做的最好的事，宋媛媛以为成全张哲凯最后的愿望是对他做的最好的事。两个明明相爱的人，错过了最后可以在一起的时光。

2

电影的结局往往都充满了悲伤，《比悲伤更悲伤的故事》里，两个从高中开始就互相喜欢、同居生活的人，因为一个不曾开口说喜欢，一个因为自己身患绝症，觉得会拖累对方，而整整错过了十几年。

如果你喜欢我，我也喜欢你，那么我想现在就和你在一起，哪怕只剩下最后一分钟、一秒钟，我也要和你在一起，看最后一缕阳光，相拥最后一个瞬间，这是我想要的爱情。

小阮曾经问过我："如果两个不能走到最后的人，明知道会分开，还要在一起吗？"

我说："要，一定要，如果彼此喜欢，哪怕最后会分开，也要珍惜能在一起的每一分钟。要把每一天都当作世界末日来相爱，多爱一天是一天。"

记得在《流浪地球》大火的时候，有记者采访吴京："如果明天就是世界末日了，你会做什么？"

吴京说："我不会想要当一个大英雄，我会逃，逃到家人的身边，陪着我的老婆和孩子到最后。"

爱情啊，其实真的不需要解释，世界上那么多悲伤，大多都是源于相爱的人没有在一起。

3

记得在电影《比悲伤更悲伤的故事》里，Cindy给张哲凯拍死亡摄影的时候，忍不住问他："你都快死了，为什么不能活得直接一点儿？想哭就哭，想笑就笑，生气你就发脾气，肚子饿就吃东西，如果你会害怕的话，你就求救啊。有些话你如果再不说就来不及了，你知道吗？"

其实啊，张哲凯就是太爱宋媛媛了，他以为自己的放手和消失，能让宋媛媛幸福地活下去。殊不知宋媛媛同样深爱着张哲凯，结局的最后就是陪着他一起离开了这个世界。

我想爱情不应该是这样的，如果我就快死了，我会鼓起全部的勇气去告白，然后时时刻刻在她的身边，贪婪地珍惜最后的时光。

人这一辈子，能遇见一个自己喜欢，也同样喜欢自己的人，真的很难，如果遇见了，珍惜是对爱情最好的解释。

电影《志明与春娇》里，春娇用了那么多年教会志明唯一的一件事，就是学会珍惜爱情。

同样的例子实在太多了，《大话西游》《前任攻略》等。

4

相爱很难，爱一生更难。

婷子和我说："林熙，在感情里，我们每一天都在失去，失去在一起的时光，失去当初相爱的热情，就像一杯热水，在慢慢变冷。"

可水永远都是必需品，就像你需要感情，以及脆弱的时候，身边有个人可以陪伴你，而当你生病、无助的时候，有个人可以照顾你。

不管那杯水变得多冷，只要杯子不碎，我们就会在一起一辈子。

这个世界上没有百分百完美的恋人，我们会有争执，会有冷战，会有不同的习惯，会出现三观不合。可只要我们坚定地想要在一起，我们就会退让，就会忍受，就会学会改变。

所有不爱的理由永远都只有一个答案——不够爱。

人潮拥挤，遇见一个喜欢的人不容易，所以真的不要轻易地选择离开。

感情淡了可以培养，无话可说了可以制造话题，腻了、累了可以重新认识，唯独不要轻易地说分开，因为有些分开，一旦开了口，就永远回不去了。

生活不是电影，爱情也不需要解释，如果能在一起的话，就好好珍惜吧，这样才不负此生。